何 英 主编

又见山花红 丛书

群星灿烂时

红土地上成长起来的开国将军故事

张 茜 著

海峡出版发行集团 | 海峡文艺出版社

图书在版编目(CIP)数据

群星灿烂时/张茜著. --福州:海峡文艺出版社,2020.11
(又见山花红丛书/何英主编)
ISBN 978-7-5550-2394-4

Ⅰ.①群… Ⅱ.①张… Ⅲ.①革命故事—作品集—中国 Ⅳ.①I247.8

中国版本图书馆 CIP 数据核字(2020)第 190094 号

群星灿烂时

张 茜 著
责任编辑 李永远
出版发行 海峡文艺出版社
经 销 福建新华发行(集团)有限责任公司
社 址 福州市东水路 76 号 14 层 邮编 350001
发 行 部 0591—87536797
印 刷 福州万达印刷有限公司 邮编 350008
厂 址 福州市闽侯县荆溪镇徐家村 166—1 号厂房第三层
开 本 700 毫米×1000 毫米 1/16
字 数 105 千字
印 张 8.5
版 次 2020 年 11 月第 1 版
印 次 2020 年 11 月第 1 次印刷
书 号 ISBN 978-7-5550-2394-4
定 价 30.00 元

总　序

沈世豪

我们的时代，已经大踏步进入以互联网为强大背景和支撑的自媒体时代，现代的海量信息，令人眼花缭乱，甚至不知所措。在如此汪洋恣肆的现代潮流冲击下，传统的纸本阅读显然被冷淡、忽视乃至边缘化了。其实，有着数千年文明史的纸质书籍，就像根深叶茂的大树，阅尽风雨春秋，不但依然常青，而且仍然是人们获取知识、丰富思想、寻求真理、提升境界的主渠道。

“又见山花红丛书”是一套研学读本，是专门为前来古田学习的人们而准备的。1929 年 12 月 29 日，毛泽东同志亲自主持召开的古田会议，是我党、我军建设的伟大丰碑。树立在古田会址上的“古田会议永放光芒”的标语，绝不是一句简单的口号，而是展示着一个真理：毫不动摇地沿着古田会议的精神前进，是我们坚定不移的选择和方向。

古田会议的精神博大精深，简言之，那就是：思想上建党，政治上建军，走实事求是、一切从实际出发之路。90 多年过去了，随着时代的发展，社会发生了翻天覆地的变迁，在如今世界大变局的情况下，正在崛起的中国，面临着越来越严峻的诸多挑战。未来的道路怎么走？呼唤古田会议精神的回归，继承和弘扬古田会议精神，就成为重要的课题之一。

正因为如此，我们组织创作并出版了这套丛书。创新是我们时代的旗帜。这套丛书有哪些创新之处？或者，有哪些是值得研学者注意和重视的亮点呢？

它打破了类似的研学读本，局限于收集现成资料的模式，而是选择由知名作家、学者组成强有力的创作队伍，进行实地采风、考察、研究，精心进行创作。这是来自火热生活第一线的鲜活硕果，是站在现代的高度，对红色土地的深情回望和全新审视。熟悉读者并善于确定阅读定位的作者们，用摇曳多姿的文学笔法，精心捧出这套力作，洋溢着令人耳目一新的时代气息。

奏响继承和弘扬古田会议精神的红色主旋律，是这套丛书的显著特点。不是抽象的说教，而是从当年血与火交织的红色风暴中，选取许多人们闻所未闻的故事、传奇、佳话，重现当年属于中央苏区重要组成部分的闽西，尤其是上杭县的红军以及人民群众的动人风采。恪守以人民为中心的创作原则，讲好中国故事中具有鼎足地位的红色故事，是大家的追求。金戈铁马笔中来，不得不赞叹这片红色的土地，在我党和我军的辉煌历史上占有重要地位的古田会议，之所以会选择在古田，是有深层次的原因的。细读这套丛书，人们就可以发现，此地珍藏着太多的瑰宝。这里的人民，不愧是英雄的人民；这里的红军，不愧是一代俊杰；这片土地，不愧是孕育共和国诞生曙光的土地。

与此同时，这套丛书也增添了有着浓郁乡土气息的闽西民俗、农事等部分，它是闽西深厚的乡土文化的重要组成部分，也是滋养闽西民众情操、情怀、气质、风骨等不可缺少的沃土。它对于进一步深入了解闽西，尤其是了解闽西客家人的精神世界，有着特殊的意义。红色文化和乡土文化的结合，不仅丰富了这套丛书的内容，而且提升了这套丛书的精神高度。

古人云："读万卷书，行万里路。"人生之要诀，稍有阅读体验和经历的人们或许都有这样的体验：阅读，实际是情趣无穷的神游。无论是正襟危坐，还是漫步吟咏，一卷在手，咫尺天地就和无边无际的世界悄然接轨，就可以和古人、仙人、中华俊杰、巾帼英雄甚至芸芸众生对话。书籍是神奇的窗口，可以浏览万千世界；书籍更是桥梁，可以连起昨天、今天、未来。如今，书中不一定都有"黄金屋""颜如玉"，但书中必定有陶冶人们情操、启迪人们心智、开阔人们眼界的金钥匙。阅读，是人的生命之旅中不可缺少的部分。可以相信，一套研学读本在手，将会给前来研学的人们带来教益、深思、快乐！

值得一提的是，这套丛书的内容全部源于闽西这片土地，不少就在古田镇、上杭县一带，如果能够沿着丛书所指引的路标，进行实地考察，将阅读与践行结合在一起，势必会增加更多的亲切感、亲近感。或许，还有更多的新发现。

谢谢为此书的创作付出艰辛和心血的作家、学者，也热烈欢迎前来古田研学的人们。

2020 年 5 月 29 日

（沈世豪，中国作家协会会员。曾任厦门教育学院副院长、教授。著有《散文创作艺术》等 25 部专著和长篇作品。主编和参编十多部著作，全国高校统编写作教材的主要撰稿人。享受国务院特殊津贴。曾获全国第四届"五个一工程奖"、第十一届中国图书奖。散文《泰山一片月》入选北京语文出版社出版的全国七年级语文读本。还有多篇作品入选省编中小学语文教材。）

目 录

引　言

悠悠杭川大地，在血雨腥风里孕育出二十七位开国将军，他们宛若闪耀天宇的二十七颗璀璨之星，指引着我们前行的方向，他们是：

中将： 刘　忠　罗舜初　袁子钦

少将： 丁甘如　王　直　王　胜　王奇才　王贵德　王香雄
王集成　孔瑞云　刘　彬　刘永生　刘振球　刘禄长
李　平　邱子明　邱国光　邱相田　张力雄　陈海涵
陈茂辉　黄炜华　黄鹄显　翁祥初　蓝庭辉　雷　钦

在2020年春阳的照耀下，我们行走在闽西杭川革命老区的红色土地上，追寻一位位永远鲜活的红色将军，聆听他们用宝贵生命讲述的一个个真实故事。

红军的“千里眼”、“顺风耳”

二万五千里长征举世闻名，它是人类史上的传奇，是中国工农红军的革命史诗，王孝柏、刘元生在《左权传》里评述刘忠及侦察部队：“不辞劳苦的侦察部队，每天急行军、走夜路、探敌情、打冲锋，真不愧为全军的‘千里眼’、‘顺风耳’。”

1934 年 6 月，在中央红军第五次反“围剿”的关键时刻，年仅 28 岁，籍贯福建上杭，毕业于红军随营学校，任职红二师五团团政委兼团长的刘忠接到命令：调任红一方面军一军团司令部侦察科长。

侦察工作是一项尖端任务，技术要求很高，它是战场指挥的耳目和指南针，是每一场艰险战斗的命脉。刘忠接到命令，心里十分忐忑，他担心自己文化水平不够，能力有限，难以胜任这样重要的工作。但军人的天职是服从，翌日，他背着行李前往军团司令部报到。

首战告捷

到任一个月，刘忠开始执行侦察任务，红一军团参谋长左权命令他率军团便衣侦察队和二师侦察连，携带电台一部，立即出发，去摸清已南下宁化、清流，正向长汀行进的敌人的行动情况。那是一股参加第五次“围剿”进占建宁苏区的国民党顽敌。

夜幕逐渐降临，满天星斗闪烁，山林黑黑黢黢，万籁俱寂，间或却有夜行动物发出令人警觉的声响。借着夜色掩护，刘忠率队迅速穿过长汀，向宁化、清流前进，逆向深入敌后。在抵达温坊附近时，前方传来敌人队伍的轻轻脚步声，刘忠立即传令部队分散隐蔽。自己带领警卫员，卧倒山道旁，以老鹰捉小鸡之势，扑向队尾一个敌人，动作精准，身手敏捷，神不知鬼不觉，敌人的队伍还在偷偷向前。

俘虏供认先头一个旅已进占温坊，后续部队还在清流未动。刘忠命令部队停止前进，派出侦察员摸清温坊敌情，发报报告军团首长。随后军团各师部队隐蔽接近温坊，联合福建地方部队，发起温坊战斗，两个多小时全歼敌人两个团。这样速战速决的胜利，就是侦察军“千里眼”、“顺风耳”效应。

刘忠率领红一军侦察科，首战告捷！

长征前夕的特别侦察

1934 年 7 月下旬，第五次反“围剿”进入惨烈尾声阶段，刘忠奉命来到瑞金方面的军司令部。刘伯承总参谋长亲手将一份军事绘图交给他和军团保卫局侦察部长谢志群，低声郑重叮嘱道：“这是绝对保密的军事要图，你们一定要亲自交给军团首长，它攸关革命战争的胜负，沿途要特别谨慎小心，千万不可粗心大意。”刘忠带着图纸安全返回部队时，军团部队却已从福建长汀向江西于都转移了。刘忠不敢停留，迎头追赶队伍，直到 8 月上旬才抵达军团司令部，终于将长征路线军事要图，亲手交给左权参谋长，圆满完成这一重大任务。我们无法想象，在这十几天里，他是骑马还是徒步。在这闽赣高温溽热的大暑天里，他采取什么办法才能将要图藏匿入怀。

8月中旬，刘忠率领侦察科、迫击炮排和工兵排，携带电台北上，深入敌占区开展游击行动，以牵制、迷惑战术，拖延敌人向兴国、瑞金、于都等苏区进攻时间。当地老百姓看到刘忠带着红军回来，非常高兴，立即向他们报告国民党反动派的活动情况。赤卫队也积极配合红军，袭击敌人碉堡、夺取敌人运输物资、抓捕敌人联络前后方的交通人员，扰乱敌人行动部署，拖住敌人，一拖再拖。

10月上旬，刘忠率侦察科经赣江，在信丰、南雄、南康、崇义地区之间进行侦察活动。查清了敌人兵力、部署、工事、堡垒构筑情况，弄清了这一带的地形、路线，绘制成图，于10月10日前，送达军团司令部。14日信丰河边战打响！有了刘忠的准确情报，战斗势如破竹。敌军很快土崩瓦解，四处逃窜。红军乘胜追击，愈战愈勇，奋力突破敌人守在安远、信丰、南雄、赣州的第一道封锁线。

刘忠想起左权参谋长的指示：此次侦察任务比上一次更重要，必须克服一切困难，用各种手段去完成。此刻他才明白：自己完成的是红军战略大转移——长征前夕的特别侦察。后来他更加明白，长征前夕的那次特别侦察，为中国工农红军在黑暗中提供了一副“夜视仪”。

钻进敌人“肚子”里

1935年9月，红一军团长征抵达天险腊子口。腊子口北连洮岷南通四川，东西两旁山峰林立，夹成一条甬道，为历代兵家必争之要隘。腊子河水流湍急由北向南纵穿隘口，隘口上横架一座小小木桥，实为“一夫当关，万夫莫开”。

蒋介石为了堵截红军北上，派出一个旅的地方兵力扼守此卡，沿朱李沟口、腊子口、康多、道藏、黑扎一带，分点布设数道封锁线，在腊子口桥头及两侧山腰，点布碉堡、地堡，还有道道防御工事和军需仓库，妄图凭借天险把红军死死堵在腊子口以南的峡谷中消灭。是时，红军左侧有卓尼扬土司的上万骑兵，右侧有胡宗南主力，如果不能很快冲过腊子口，就会面临被敌人三面合围的危险。

毛泽东毅然决定：立即夺取腊子口，打通红军北上道路。

“刘忠同志，这回又得请你们‘演戏’了，”左权参谋长给刘忠下达任务，“你们化装成国民党中央军，前去腊子口侦察，伺机占领隘口，前卫团与你们保持一定距离跟进。”

翌日清晨，刘忠一袭国民党中央军中校情报科长装束，率领30多个“国军”向腊子口进发。途中拐过一道弯，迎面走来一个男人，刘忠敏锐断定，敌人前哨已经发现他们，此人是探子。他一个暗示，扮演“国军”少校参谋的王班长，止步端枪喝问：“站住，干什么的？”

“做买卖的，商人。”

“这时候还有商人？你是腊子口派来的！”转而口气温和地说：“是吧？兄弟，嗯……我姓王，中央军二十四师联络参谋，前来执行联络任务。”

一旁刘忠镇定自若，还故意露出笑意。

敌探思忖腊子口已是天罗地网，红军肯定不敢进来，不由转向刘忠："这位长官？"

王班长抬手介绍："情报科刘科长！"

敌探疑虑打消："失敬，失敬，欢迎中央军兄弟，我是奉旅座之命前来迎接你们的。"

敌探转身带路，刘忠一行径直到达腊子口桥头。

守桥敌军例行公事地询问："哪一部分的？"

敌探抢先回答："中央军，来同旅座联络的。"

吊桥吱吱放了下来，刘忠率队顺利钻进敌军"肚子里"。

前卫团随后隐蔽跟进，团长王开湘、政委杨成武指挥部队向四面山头展开，后续部队借夜色掩护陆续补充上来，攻取腊子口战斗打响！

红军将士正面强攻、攀登悬崖峭壁迂回包抄，刘忠部队迅疾包围守桥敌军，里应外合，浴血奋战48小时，出奇制胜！

9月17日凌晨，腊子口上雾群仿佛千军万马，突突飞驰，红军旗帜，鲜红夺目，猎猎飘扬，红军进军甘肃之门畅通无阻。

走在长征队伍的最前列

红军进入大草地，地理、气候十分险恶，全军几乎断粮，形势异常严峻。罗荣桓找来刘忠说："通过大草地要十几天，全无人烟，现在还有藏民，进入草地就无处找粮了。你们的侦察任务，要增加一项，就是侦察能吃的草叶和草根。大草地遍野都是草，你们要认真仔细寻找，要能找出几百种几千种能吃的草，才能解决通过草地的关键问题。"刘忠挺胸回答："请首长放心，坚决完成任务！"

刘忠领着侦察队，挖草根、煮草叶，如神农般遍尝野草野菜。茫茫大草地，一望无际，葳蕤青草一丛丛一墩墩地生长在沼泽里。但这些青草大多数不能食用，有的放到嘴里难以下咽，有的吃下去会中毒。二师六团一些连队吃了一种牛头似的大叶草，就中了毒，有的毒草甚至会毒死人。刘忠他们找到野葱、野蒜、灰灰菜、野芹菜、豌豆苗……还有许许多多不知名的各种野菜，都要亲自尝尝。若是吃下没啥不良反应，就送给军团卫生部鉴定，然后再向各单位介绍，或用文字加绘图通报全军。刘忠将军说红军指战员在长征中，到底吃过多少野草，是无法计算的，那些草在嘴里咀嚼时的那种苦涩、怪异，咽下时的那种艰难，从胃里溢出来时的那种感觉，是每一个人一生都不会忘记的。

但草吃下去才有能量。10 月 16 日，红一、三军团于吴起镇一举击溃军阀马鸿逵和东北军的六七个骑兵团，歼灭一个部，掩护中央及中央军委机关胜利到达陕北苏区，结束了史无前例的、具有伟大历史意义的二万五千里长征。

在遥遥二万五千里征途中，刘忠率领红一军团侦察部队，走在整个队伍的前面。

1949 年后，刘伯承元帅对红一军团侦察科科长刘忠说：“长征胜利，侦察科功不可没呐!”

“旋风”勇将

1935年8月，海拔3500多米的松潘草原毛尔盖，早晚已经很凉。露水夜里爬上草稞，凝结成珠，悬吊在一片片枯叶尖上，等待黎明的到来。在晨曦柔光里，这一颗颗珍珠般的露水，泛出淡淡浅黄，晶莹剔透，闪闪发亮。

周恩来身披橘红晨光，步履匆匆地来到军委一局驻地，朗声喊道：“小罗，小罗在哪里？……”

小罗，就是来自福建上杭的罗舜初，时年21岁。

7年后，罗舜初担任鲁中军区司令员兼政委，一举歼灭制造太和惨案、屠杀八路军官兵50多人公然打响反共第一枪的国民党头目袁启荣部队；三次讨伐投降日军成为伪军第三方面军司令、伙同日军制造鲁中“无人区”的原国民党新四师师长吴化文及其狗子队，战绩赫赫，威名远扬，令敌闻风丧胆。

44年后的1979年，邓小平见到65岁的罗舜初，还是习惯性地叫他小罗。

周恩来的关怀

长征到达松潘毛尔盖时，罗舜初因严重腹泻一个多月而气若游丝。从黑水芦花到毛尔盖，他走不动路，也骑不上马，只能躺在周恩来的担架上，被人一步一步地抬过来。

时值8月，周恩来开完三天紧张的中央政治局扩大会议，立即来找罗舜初。他一进门就喊："小罗，小罗在哪里？"小罗斜靠在床上，虚弱地应着声。好在那天他拉肚子有所好转。只是人瘦得脱了形，双腿虚软得如同棉花。周恩来问过他的身体情况，一边安慰一边传达会议决定。"队伍马上就要过草地了，军委决定一方面军和四方面军混合编组，分左右两路北上，到川陕甘去建立根据地。左路军由朱总司令和张国焘总政委率领，从卓克基出发。右路军由中央和前敌总指挥部率领，从毛尔盖出发。你们一局也要一分为二，一部分同志跟右路军先走，另一部分同志随总司令部到左路军去，"周恩来说，"从松潘北上的大路，已被蒋介石的干将胡宗南死死封锁，他听藏族土司说松潘草地是一片魔沼，连鸟儿也飞不过去。认为红军如果走草地北上是自取灭亡，所以在草地北面没有设防。那么我们只有穿过大草地，才能避开敌人主力到达甘南。考虑到右路军前方敌情严重，你身体这么虚弱，我犹豫再三，还是安排你到左路军去，你看怎么样？"罗舜初明白一向视他为得力助手的周恩来，是为了照顾他的身体才做如此决定，便点点头表示服从。"不要着急，安心养病，先把身体搞好。过了草地，两军就又合到一起了。"周恩来轻声说道。

此情此景，小罗与周恩来双手相握，默默相对，别无选择，只能暂时别离。

信仰坚定

虽说红军缺医少药，但罗舜初信仰坚定，年纪尚轻，慢慢地挺了过来，奇迹般地战胜了病魔。松潘草甸连天铺地，野花艳丽，色彩缤纷，雪白云朵飘在头顶，似乎伸手就可摘下，白河、黑河宛如两条明亮绸带，飘向远方。罗舜初来自闽西大山腹地，清晨起来，被眼前这梦幻般的瑰丽景色惊呆，不由伸臂转身一周，天地和合，人在其中。

但大草原这华丽外衣，却隐含着可怕、残酷的危险。一丛丛野草，一个个潭沼，一片片黑色污水散发着令人作呕的腐臭气味。红军无路可走，只能跟着藏族向导，警惕地缓缓前行。厚厚软软的草甸，在战士轻轻移动的脚下，发出“噗嗤噗嗤”的响声。战士们一旦脚力把控不稳，踩穿草甸，顷刻间就陷入泥潭，倘若抢救不及，眨眼间一个战友就没了踪影。食人沼泽从不手软，依旧无情地咕嘟咕嘟冒泡。间或狂风大作，团团黑云犹如滚滚浪潮，天昏地暗，暴雨携着石子般的冰雹，哗啦啦劈头盖脸砸下来。这四伏危机，让人的精神和意念格外集中和敏锐。

进入草地第三天，一条名叫噶曲的河流拦住了去路。朱总司令派警卫班探明水深只齐马肚，完全可以涉水过河。但张国焘却硬借河水深之由，磨磨蹭蹭，拖延北上。罗舜初暗自着急，他估算右路军已经走出草地，打下包头，左路军本可跟着安全通过，可这时机一旦延误，敌人就会再次反扑回来，后果十分严重。

左路军拥有造船部队一百多人，拥有渡过乌江、金沙江、大渡河的原一方面军的第五军和第三十二军，拥有强渡嘉陵江的第四方面军。这样的一支队伍，渡过小小噶曲河算什么？张国焘却致电中央：“茫茫草地，前进不能，坐待自毙。”

9 月 10 日下午传来惊人消息：毛泽东、周恩来和党中央率红一、三军团单独北上了。张国焘闻讯破口大骂：“无止境地逃跑，不拖死也会被冻死！”罗舜初心急如焚，利用核对电报之特权，频繁出现在戒备森严的总司令部机要科。时间一天天过去，终于等到毛主席和党中央的消息：红一、三军团抵达甘南岷县，要求左路军迅速前进，汇合创建川陕甘新苏区。罗舜初激动地向战友们传达中央指示，却遭到张国焘在大会点名批评——毛、周、张、博右倾逃跑主义的忠实信徒！

张国焘军团里一位姓张的挑夫也跳出来，恶语谩骂坚决要求前进的朱德。听到这里，罗舜初一个箭步冲上去，扭住张挑大摔倒在草地上。“你是小帽子（红一军为了省布，军帽做得比较小），是毛泽东的忠实信徒！”张挑夫气焰嚣张，狂吠乱叫。

张国焘召开支部大会，批判罗舜初，小罗当众脱掉衣服，挺起脖颈：“我永远不会反对毛主席和周副主席，要砍头，要枪毙，尽管来！”这一置生死于度外的态度，令反对派面面相觑，不知如何是好，拥护派个个暗自钦佩，全场舆论哗然，批判会不了了之。

张国焘并没罢休，又派保卫局译电员“丫头”，贴身监视罗舜初，准备除掉他。朱德瞧准时机，将处于危险之中的罗舜初调去情报部门学习破译技术。小罗说他做梦都没想到，这正是朱总司令的良苦用心——当自己成为不可或缺的角色时，张国焘想下毒手就难了。

接过蔡威的任务

罗舜初两年前刚到红军总部工作时，第一次知道了作战命令是由十个阿拉伯数字相互组合成四位一组密电码，通过无线电波传递到前线。令他惊叹的是，二局不用密码本，竟能破译敌人电报。罗舜初记忆力超强，对于数字几乎过目不忘，经过短短两三个月的训练学习，就可独立工作了。二局局长蔡威熟悉川军的特点和规律，罗舜初熟悉国民党中央军，于是形成蔡威负责破译川军电报、罗舜初负责破译中央军电报的分工。

第二、四方面军会师甘孜后，朱德坚持北上的主张得到刘伯承、贺龙、任弼时等同志的支持。张国焘这时才不得不举手同意。这支红军部队，去年从这里折身南下，绕了一圈回来，终于挥师北上。就在即将走出草地进入甘南地区的时候，蔡威局长积劳成疾，不幸病逝。朱德把罗舜初叫到身边说："小罗，都看到了吧，我们即将和毛主席会师了。走出草地，我们当面的敌人就不再是川军，而是国民党中央军，你的担子不轻啊！蔡威同志去世了，二局不能没有个头。我打算让你代理二局局长，徐向前同志也很赞成，你要努力团结四方面军的同志，准确掌握情报，为全军北上做好情报保障。"

罗舜初接过任务，带领二局将一份份空中情报，准确无误地送到首长手中。1936 年 10 月，红二、四方面军和一方面军的原五、九军团在朱德等人的率领下，终于抵达陕北，胜利结束长征。历时两年的数万里征途，对于罗舜初无疑是经历了一场血与火的洗礼，但他到达了信仰的彼岸。

"黑旋风"勇将

1942 年 8 月，年仅 28 岁的罗舜初已担任鲁中军区司令员。

"反共摩擦专家"秦启荣，指挥所部袭击八路军山东游击队三支队及清河区集训干部，制造了骇人听闻的太和惨案，抓走八路军 210 多人，残杀支队政治部主任、一团团长和 50 多名八路军指战员，以血腥罪行破坏抗战。

整整一年过去，1943 年的 8 月 6 日，秦启荣的末日终于到来。那天，不知道是什么原因，他不在自己家，而在辛庄顽军头目也是他的死党厉文礼家里，为自己大摆寿宴。罗舜初得到情报，紧急集合部队，一夜疾行 80 里，翌日拂晓将辛庄死死包围，展开激烈巷战，以“扫堂腿”之势拔掉厉文礼特务团。秦启荣带领 20 多个亲信寻机逃跑，却钻进了罗舜初早已设好的“口袋”里。子弹嗖嗖，手榴弹连连炸响，血债累累、负隅顽抗的民族罪人就地毙命。

随着抗日战争的节节胜利，日军在山东战场上的兵力逐渐削弱，然而部分国民党军队，却打着“曲线救国”的幌子投降日军，成为可耻的伪军。国民党新四师师长吴化文就是投降派的头面人物。

1943 年 1 月，吴化文率部投降日寇，对于这股山东津浦路以东势力最强伪军，日军大加利用，破格给吴戴上高帽——伪军第三方面军司令。吴化文丧尽天良，伙同日军横征暴敛、烧杀抢掠，制造出鲁中“无人区”。

吴部伪军，已是鲁中最大祸害，上级命令鲁中军区予以消灭。

罗舜初奉命参加史称“三次讨吴”战役。

11 月 4 日，鲁中大地白雪茫茫，寒风呼啸，鲁中军区部队向吴化文伪军发起攻击，激战四个昼夜，消灭伪军 132 人，拔掉据点 10 余处，缴获大炮 15 门，轻重机枪 19 挺，给了吴化文一记响亮的“耳光”。

一个月后的同一天，也就是 1943 年 12 月 4 日，等到天色幽暗下来，罗舜初组织 5 个团，整编左右中后 4 个纵队，从四个方向对盘踞在鲁山以南、沂水西北边东里店、大张庄、石桥的吴化文部发起全面打击！此仗打了四天四夜，摧毁东里店、大张庄、岱崮、石桥等 20 多个据点，歼灭伪军 800 多人，这是二次讨吴。

翌年春 3 月 25 日，罗舜初指挥部队，以四面围攻、中间开花之战术，突然发起对吴部伪军近一个月的拔除战，打死打伤伪军 1300 余人，俘获伪军少将 3 人、军官 323 人、士兵 4800 余人，捣毁据点 40 个，攻克山寨 12 处，解放村镇 1000 余个、人口 30 多万，完成三次讨吴。

三次讨吴，使吴化文损兵折将大半，元气大伤，犹如丧家之犬，夹起尾巴溜向皖北。鲁中军区控制了沂鲁山区主要战略要地，打通了沂鲁、泰蒙山区间的联系，使山东战场转入局部反攻。延安《解放日报》刊发《鲁中讨吴战役胜利》社论：

> 在山东伪军中间，吴部人数最多，编制最正规化，武器最精锐，战斗力也最强。因此，在此役吴逆告急之时，日军曾多次仓惶驰援，然而在我军奋力机动打击之下，日军终未能挽救吴逆的惨败，数年经营，毁于一旦。

三讨伪军吴化文，所到之处摧枯拉朽，锐不可当，罗舜初威名远扬，令敌闻而惊惧：黑旋风、黑旋风来了！

政工名将

投笔从戎

袁子钦出身与众多开国将军不同。他在浓浓书香里落地，是举人孙子、秀才儿子，诗词歌赋、之乎者也，牙牙学语，伊始乐然。

那一年，"红旗跃过汀江，直下龙岩上杭"，袁子钦从上杭县立中学毕业，投笔从戎，加入救苦难百姓、解放全中国的革命洪流中，担任二纵队四支队十二大队文书。

第一次反"围剿"战斗打响，书生袁子钦坚决请缨上火线，初显作战才能，战后荣升为连队政委。第二次、第三次反"围剿"，他带领全连出色地完成作战任务，政工工作、军事素质显著提高。

1931年12月14日，国民党二十六路军17000多名将士，在赵博生（共产党员）、董振堂等带领下，弃暗投明，于江西宁都宣布起义，改编为中国工农红军第五军团，下辖十三军、十四军、十五军，袁子钦奉命担任十三军政治部政治保卫连指导员。红五军团整编未完，赣州战役打响。

赣州古城位于赣江上游，建城2000多年，是宋、元、明三代中国最发达地区之一，是同杭州齐名的江南宋城。城池三面环水，防御坚固，素称“铜赣州”，历代为兵家争夺之要津。身经百战的彭德怀司令员率红三军团14000人攻打守敌18000人的“铜赣州”，连续几次破城未果。敌军增援一如毒蚁，成线成行开来。昼夜奋战、疲惫至极的红三军团，几面受敌，彭德怀只好下令撤退。但有三个师深陷重围，几经肉搏不能突出，局势异常险峻。毛泽东果断下令，起用刚起义过来的红五军团，派十三军直接攻城！

袁子钦率领政卫连，离弦飞矢般冲入敌阵，短兵相接，刺刀、大刀呼呼生风，肉搏八小时，刺死砍伤上千敌人，将敌人堵截在小南山柑子园、刘家园一线，成功掩护攻城部队撤至白云山、天竺山安全地带。

撤围赣州后，红军整编中路、西路军分别作战。毛泽东随红一、五军团组成的中路军行动，下令暂时改北上为东征。袁子钦政卫连进入龙岩适中、大池、小池一带，负责保卫长汀至龙岩交通线，保障毛泽东跟随的中路军红一军团实施攻克漳州之计划。

1932年5月下旬，陈济棠受蒋介石指派，趁红军主力一部入闽南之际，占领赣西南大片地区，同时将十九路军开到福建“剿共”。乌云压城，一场恶战即将展开。

7月初，敌第4师移到了中央苏区南大门水口，上级下令：截击！

水口战役，是一场消耗战和击溃战。聂荣臻元帅在回忆录里写道：水口战场尸横遍野，河沟里的水泛着红色，双方伤亡之大，战场景象之惨烈，为第二次国内革命战争时期所罕见。袁子钦时任红十三军37师政治部组织科长，率部与敌奋力肉搏，无所畏惧，书生战火涅槃成凤。

铁流后卫

1934年10月，第五次反“围剿”失败，中央红军被迫长征。二万五千里长征，一如滚滚铁流，红五军团担负全军后卫任务，袁子钦担任军团政治部党务科科长，随红五军团13师37团、13师39团行军打仗。

长征伊始，中央机关携带物品辎重，行动非常缓慢，后卫红五军团紧随其后，时常转身阻击追敌，人员弹药渐行渐少，补充困难。

1934年11月29日，红一军团主力在湘西与敌形成拉锯战，红三军团在湘江东西两岸截击敌人，红五军团扼守蒋家岭、永安关、雷口关等，打击追敌，掩护中央机关及中央纵队横渡湘江。一、三军团战斗激烈，伤亡惨重，新组建的红八军团新兵多，战斗力薄弱，几近溃散。后卫红五军团，遭敌追击，边走边打，伤亡严重。

形势十分严峻而艰难。袁子钦向37团传达党中央驻红五军团代表陈云命令：克服一切困难，突破敌军防线，于12月1日破晓前在界首渡过湘江。此时的37团，已垫后作战两天一夜，几乎弹尽粮绝，还要继续在一个下午和一个晚上时间内强行军80公里，才能准时到达界首过江，37团团长、政委顾虑重重。袁子钦看着疲惫不堪、弹药缺少的战友们，指着地图格外冷静地对两位主官说：“任务是很急是很难，但眼前部队的情况更危急！我们突破敌人三道封锁线后，蒋介石又调集40万大军，分三路前堵后追，妄图消灭我们。此时，我们背后是正在和我们交手的湖南军阀李云杰部队，左侧灌阳县是桂系军阀，右侧全州是周浑元、薛岳纵队，横堵前面的是天然障碍湘江。就此情况，我们唯一出路只有渡过湘江，冲出包围!”接着，袁子钦斩钉截铁地强调：“这里到湘江只有 80 公里，十几个小时，情况十分危险，部队必须马上转移。向西走，如果被敌人截断，能冲就冲过去，不能冲就绕道过去。反正是向西，太阳往哪儿落你们就往哪儿走，必须把所有人员都带过去，即便被冲散，也要发挥独立自主精神，往西找部队!”团长、政委受到鼓舞，精神振奋起来，三人立即制订出前进方案：3 营 7 连、8 连留下阻击追敌，拖到天黑前进，其余人马立即转移。袁子钦跟着部队一同前进，他吸取前三次过封锁线时辎重多、行动慢、损失大的惨痛教训，建议部队轻装行进，除了枪支弹药，其余全部放下。他一边跟着部队走，一边动员大家。经过一个下午和一个晚上的飞驰疾行，部队终于在规定时间内渡过湘江。

红五军团断后部队，是以闽西子弟为主的红 34 师，湘江之战，几乎全军覆没，壮烈牺牲 6000 余名将士。而今硝烟散去，6000 多名英烈长眠于湘江两岸。

中央红军渡过湘江之后，剩余兵力不足三万。毛泽东决定向敌人兵力薄弱的贵州进军，智取遵义，攻占娄山关。这个决定周恩来坚决拥护。红一军团宣传部长张际春带着一部电台，来到 37 团，对袁子钦、张南生、李屏仁说：“你们 37 团打防御是有名的，特别顽强，这次任务是配合主力军重占桐梓、娄山关，回师遵义。敌人不来则罢，若来一定凶恶，任务艰巨！军委指示我们拖住敌人三天或更多时间，从现在起我们直接受军委指挥。”

袁子钦、张南生、李屏仁马上商议：身后官渡河村两旁山峰夹持，前有一条小河，追敌必经此地。我们何不回头，打他个猝不及防。37 团返回官渡河村，挖好野战工事，待敌前来。翌日凌晨，四川军阀刘湘的主力果然赶到，钻进我军伏击口袋，战斗打响。

第一天，歼敌 100 多人。当晚敌人摸黑爬向两侧高山，企图绕到 37 团后侧。37 团将计就计，后撤十余里，挖好工事吃饱饭，布好岗哨，养精蓄锐，等待天亮再战。

第二天，如期毙伤来敌百余人，继续后撤到一个三岔路口。这个三岔路口很特别，往东南方向是红军主力前往桐梓的小路，往东北方向是经温水至松坎的大路。中革军委指示 37 团声东击西，诱敌往温水方向。袁子钦三人决定，将俘虏教育后释放，诱敌上钩。敌人果然中计，可是敌我兵力悬殊十倍，战斗异常激烈。是夜，袁子钦他们想出巧妙办法，派一支小部队袭击敌营，搞得敌人晕头转向，自己对打起来。

37 团紧拖敌人 6 天，敌人才发觉与之作战的仅是一个团，连忙原路返回三岔路口，取道追赶红军主力，早已枉然。

1935 年 2 月 24 日，红军胜利回师遵义，37 团获得中革军委嘉奖。

政工名将

抗战胜利后的 1948 年 2 月上旬，晋冀鲁豫军区组建第十三纵队，下辖 37、38、39 三个旅，袁子钦担任纵队副政委。随后十三纵队汇入军区副司令员徐向前率领的六万精兵强将，开赴山西临汾。

临汾为晋南最大城市，地处汾水之滨，东倚太岳，西临黄河，自古为战略要塞。单是城墙基部最厚处就有 30 多米，高达 14 米，顶部宽度整整 10 米，城外还加护卫城，明末闯王李自成率大军久攻未克。

临汾守敌 2.5 万余人，指挥官梁培璜毕业于保定军校，为阎锡山得力干将，担任阎军第六集团军中将副司令兼晋南地方武装总指挥。梁培璜用精兵强将围住外围，重兵把守东关，四道封锁线护城。我军要想攻城，必须实施攻坚作战。袁子钦领导的十三纵队长期征战野外，擅长速战速决，猛冲快打，对抵牛角啃骨头的攻城战有些不适应。

1948 年 3 月 7 日，八纵队 24 旅攻下临汾机场，切断了敌人空中交通。翌日，八纵队另外两个旅攻占临汾外围据点，十三纵队消灭汾河以西敌人 1100 人，冒雨返回汾河东岸，接替临汾城东防守。临汾战役就此拉开序幕。

袁子钦针对部队官兵害怕电网、地堡群不易通过、城墙很难攀登等思想问题，深入各旅各团，开展谈心活动，激励士气，凝聚斗志。

他带领十三纵队，跃过心理障碍，取得斐然战绩：火速攻占黄土堡、槐树疙瘩、乱人坟、电灯公司等要害阵地，剥去东关守敌铠甲。

3 月 23 日，徐向前下令十三纵队攻取东关。

十三纵队如同猛虎，迅疾扑向东关，与守敌一个碉堡一个碉堡地展开争夺。敌人不断反击，阵地几经易手。8 天过去，我军伤亡很大，疲劳过度。徐向前换下十三纵队，换上八纵队 23 旅继续战斗。

东关之战，十三纵队涌现出了战斗英雄——李海水。

李海水是一名突击队队员，在战斗中负伤晕倒，被炸起的黄土掩埋。他醒来后发现部队已撤出战斗，外壕上只留有部分伤员，可敌人还在往上反扑。在这生死危急关头，他鼓励大家一定要打起百倍精神，坚决战斗。敌人上来了，他死命反击，组织大家团结起来，拧成铁绳，顽强杀敌。他们打退9倍于我军的敌人6次进攻，掩护16位伤员安全撤退。徐向前发布通令表扬李海水，命名其所在连队为“李海水连”。

袁子钦号召全纵队学习李海水，开展“爱战友学英雄”等活动。部队官兵精神振奋、士气高昂地投入战场练兵，射击、投弹、爆破、跳越障碍、土工作业……以连为单位召开“诸葛亮会”，讨论攻破敌人阵地之良策，加强入城遵纪爱民思想教育。袁子钦严谨务实的政治思想教育，造就了一支有能力有觉悟的战斗部队。

4月10日下午，八纵队23旅和十三纵队某旅在太岳军区部队策应下，攻克东关。毛泽东在赴西柏坡途中发来贺电：“庆祝你们歼灭阎敌六十六师及肃清临汾外围和攻占东关的胜利！”

4月15日，徐向前调整部署：十三纵队由城南门以东地区、八纵队由城东南以东地区、太岳军区部队由城东北地区同时进行破城坑道作业。

坑道隐蔽于地面之下，以坑道爆破坚固城墙，可以较大地减少伤亡。但人工挖掘坑道异常艰苦，一锹一镐地挖，一小拖车一小拖车地外运土方，遇到敌人外壕，小拖车轮不能转动，就改用弹药箱搬运。坑道空间局限，指战员们赤身爬行在坑道里，皮肉磨破，体无完肤。100多米长的坑道里没有通风设备，空气稀薄，大家轮番出洞透气，稍不留神就会晕倒、窒息。有时头上敌机轰炸，造成坑道塌陷、人员伤亡；前方守敌不时用喷火器、毒气弹破坏坑道。袁子钦号令部队：“我们是铁打的十三纵队，只要我们活着，只要我们还有最后一口气，就一定将这一道道通往胜利的生命线挖到城墙根！”

“我们是铁打的十三纵队，只要我们活着，只要我们还有最后一口气”——这样一种宣告，往往会激起不可估量的推动力和创造力。

梁培璜借鉴运城守城经验，派兵围着城墙根儿昼夜挖掘防御地道，与我军展开坑道对抗战。环绕城墙，双方放射线条般挖掘出 70 多条坑道。攻城前，我军仅剩完好坑道 3 条，其余均被敌人破坏。这最后 3 条坑道，其实也被敌人发现了，只是徐向前眼疾手快，赶在敌人下手之前，指挥部队钻过坑道，成功破城！

革命战士是鱼，人民群众是水。在我军挖坑道的队伍里，奔走着支前民工 20 万人，他们带来 26 万块门板、10 万根梁木、数百万斤粮食。方圆上百公里村落，家家户户把房梁抽出，把门板卸下，夜不闭户。万众一心的军民联手之力，让梁培璜守城失败。

5 月 17 日 15 时，徐向前一声令下，我军围城部队火炮齐放，一举摧毁正前方敌人大部分火力点。随后一声声惊天闷雷连环炸响，临汾大地猛然一颤，李自成攻不下的固若金汤的临汾城墙，裂开 2 处 30 多米长的大口子。但见 3 颗红色信号弹升上夜空，冲锋号吹响，我军将士排山倒海般冲进城内。一个昼夜激战，活捉梁培璜，解放临汾城。

袁子钦的政工才能，在临汾战役中精彩绽放！

战斗英雄李海水，神枪手阎延玉，坑道作业能手魏峰、刘东升，爆破大王韩培阳，突击标兵杨小六，孤胆英雄冯银志、陈同福……都是袁子钦的麾下。

临汾总攻时，二连迅猛插进城内，展开巷战，敌人招架不住，便放火焚烧民房。英勇二连，一边救火，一边追敌，直至攻入敌酋梁培璜公馆。霎时高档家具、绫罗绸缎、各式皮鞋服装、金银珠宝展现在指战员们面前，但他们谨记部队“三心”教育：见了财物不动心，对战利品和群众财产要关心，遇见罕见物品不生好奇心。“二连指战员们按照上级命令，把缴获的财产迅速一一点清，登记入册，一件不少地移交给临汾人民。全城百姓交口称赞：“二连进城两袖清风，出城还是两袖清风，真不愧是人民的子弟兵。”

在军委一局

丁甘如从延安中共中央党校学习结束，又回到军委一局，担任情报处副处长。

1941 年 2 月，叶剑英从重庆回到延安，任中央军委参谋长兼十八集团军参谋长，着手完善参谋部建设。丁甘如等情报人员经过调查研究，向参谋长叶剑英提议，在全国各敌后抗日根据地建立情报网。叶剑英很重视，上报中央军委，于 1941 年 10 月 29 日出台《关于建立情报网的决定》，确定在集团军总部以及山东、晋察冀、晋西北、晋翼豫、翼中、大青山、新四军军部等 10 个地方，率先建立情报网络基点。情报网建立后，情报渠道畅通，对于保证中央、军委及时准确地掌握情况和指挥作战，起了重要作用。

数月之后，情报处截获重要消息——苏德战争爆发。

战事第一天，德军突破苏军的第一道防线。

三个星期，德军向西北、正西和西南三个方向同时推进数百公里。

日军看到德军打得顺利，似乎受到鼓舞，气焰更加嚣张。那么，中国的抗日战争形势将会怎样？日军将要北进还是南下？叶剑英根据情报处的观察分析与思考，召开座谈会进行讨论。一种意见认为，日军可能乘人之危，北上进攻苏联，那么我们应该在北边下功夫。另一种意见认为，从总局势分析，日军可能南下。

因为日本乃弹丸岛国，资源匮乏，东南亚有丰富资源，可供其以战养战，且这些国家军力薄弱，容易攻取。如果去攻苏联，那是啃硬骨头，容易“偷鸡不成蚀把米”。会议得出的结果：日军南进的可能性颇大。

叶剑英将讨论结果上报毛泽东，供决策参考。后来事实证明，情报处的分析完全正确。

1943 年夏天，国民党发动第三次反共高潮。蒋介石、胡宗南在陕甘宁周边集结数十万人马，伺机大规模进攻我边区。而我军主力尚在一线作战，边区防守兵力不足四万。丁甘如获取情报，立即报告叶剑英。叶剑英脱口表扬道：“情报处掌握情况很及时、很清楚。”他叫丁甘如坐下，一同商议，说光靠武装力量要打退国民党进攻，眼下比较困难，那么我们必须在军事上做足准备的同时，再采取谋略。这种谋略就是依靠情报，公开揭露国民党的进攻阴谋，逼其退兵。但这样做又会给我们情报工作带来不利，我们马上上报中央决策。

毛泽东、朱德获悉情况立即下令，从晋西北、五台、太行调兵进行防范，发动陕甘宁边区军民随时准备战斗！通过舆论公开揭露国民党破坏抗日、制造内战的阴谋。朱德致电蒋介石、胡宗南、何应钦，呼吁团结，避免内战。毛泽东发表《质问国民党》社论，警告蒋介石必须撤退进犯边区的军队，纠正错误思想。

一时间，国内、国际舆论哗然，友好人士声声质问国民党。国民党心怀不轨被揭穿，蒋介石只好致电朱德，表示并无进攻陕甘宁边区之意。胡宗南则说：“敝部换防，请勿误会。”我军情报力量致使国民党精心策划的“第三次反共高潮”声名狼藉，灰溜溜退去。

彼时，我军委一局人数总量不超过30人，在叶剑英直接领导下工作。情报处常常连夜工作，毛主席收到罐头、香烟、辣椒酱等战利分配品，总要送一份过来。叶剑英看到大家熬到半夜，饿得肚子咕咕直叫，就特批每晚发半斤面粉当夜餐。这半斤面粉还是从首长伙食里挤出来的。一局上下友爱融洽，工作强度大，效率却非常高。

不知从哪一天开始，丁甘如因为工作关系，和叶剑英身边的一位女工作人员相爱了。叶剑英知道后，不仅没有批评他们，反而促成了他们的婚姻。丁甘如成亲后，作战室的龙桂林又与叶剑英新调来不久的一位河北姑娘恋爱，叶剑英又促成他们结婚，并笑着说："调到我这儿来的女同志，都被一局的小伙子抢走了。这也好，免得一局的小伙子为了找对象而着急，到处乱找。"那时延安部队男女比例为17∶1，政策规定男同志团级以上、党龄7年、年龄28岁才符合找对象、结婚条件，大家顺口溜一般说成"二八七团"。

从漫画士兵到将军画家

当红军

1929年春天，毛泽东、朱德率领红四军来到福建长汀，首战一举歼灭地主军阀郭凤鸣旅，掀起了当地的革命热潮。不久，上杭县才溪乡地方党组织发动农民暴动，13岁男孩王直戴着红袖章，行进在一千多人的游行队伍里，喊口号，举标语，学习感悟着新的革命思想。

7月21日，王直永远记得这个特别的日子——他见到了人们传说中的朱德。那天红军部队在才溪大坪岗上训练，乡亲和学生娃都围在边上观看。训练结束，队伍集合整齐，朱德带着浓浓的四川口音给大家讲话，一边讲，一边打着手势，很有感染力。王直听不太懂，仔细打量着朱德：年纪40来岁，身材魁梧，头戴八角帽，身穿灰军装，打着绑腿，背上斗笠写着“工农红军”。他是那么仰慕地看着心中偶像，他听懂了：“我们中国红军是工农的队伍，是为穷人求解放的，我们到这里，要遵守三大纪律八项注意，要爱护群众利益，要尊重当地的风俗习惯……”

列队解散后，朱德走到学校这边，抚摸着看呆的王直的头问：“小鬼，你读的什么书？”王直回过神来，连忙掏出书包里的国语、算数课本和作文本拿给他看。朱德说：“这是新书，要好好读。”王直使劲儿地点着头。翌日下午，红军在天后宫门前空地上召开群众大会，王直早早就站在第一排。朱德宣讲的红四军布告，他牢牢记在心里：红军的宗旨和主要任务是解放广大劳苦大众，帮助工农翻身，当家做主，建立政权，号召革命群众拿起枪杆子，打土豪分田地，积极参加红军。

王直的四哥在街上开豆腐、糕点店，店铺背后的商会房子里就住着朱德。有一天，朱德在王直四哥店隔壁的杂货铺里讲话，王直赶紧跑过去听：“中国老百姓为什么这么穷？为什么自己养活不了自己？为什么要卖儿卖女？就是帝国主义、封建主义的残酷剥削和压迫造成的。工农只有起来革命，才能推翻这个吃人的旧社会，才能有自己的土地，才有饭吃有衣穿。”王直听罢豁然开朗，他大声说：“我要当红军！”朱德摸着他的头说：“小小年纪，人还没枪高，就想当红军，志气不小啊！叫什么名字？”“王直，原来我叫王汉青，在家排行五，大家也叫我五羊子，老师给我取名王直。”“还是王直这个名字好，为人要正直，要大公无私嘛。”朱德笑着说。

1931 年 5 月，年仅 15 岁的王直怀着立志救国的理想，报名当了红军，从此，走上革命道路。

从漫画士兵到将军画家

王直到了红军部队，因为上过学，还会画画，被分配到独立十师政治部宣传队，负责写标语、办墙报、画漫画。

1933 年春天，红军独立十师离开江西寻乌，抵达中华苏维埃共和国临时中央政府所在地——瑞金。部队驻扎完毕，宣传队立即展开工作，王直拿起笔墨走向街头，一边走一边构思。他抬头仰望，天空湛蓝如洗，洁白云朵像狗、马、老虎、狮子，像翻涌的雪浪；蓝天下山峦起伏葱绿，绵延不绝，一簇簇映山红仿佛跳荡的革命火焰！他耳畔萦绕起甜美的歌声：

送我的情郎哥去当红军呐
我的那个情郎哥要出远门
哎……
我的那个情郎哥要出远门
二送我的情郎哥去当红军呐
送他一双新布鞋表表我的心
哎……
送他一双新布鞋表表我的心
三送我的情郎哥去当红军呐
记住那个仇恨英勇杀敌人……

这歌声，让王直心潮澎湃、热血沸腾，他驻足一堵平整的土墙前，跑步借来一张凳子站上去，一口气挥就两幅漫画——《送郎上前线》《“围剿”红军》。

第二天早晨，毛主席突然来到宣传队，大家一眼就认出他来，既高兴又紧张，马上列队站好。队领导快步从后厅出来迎接：立正，敬礼，问好。主席问道：“墙壁上的漫画是谁画的?”赖主任指着王直说：“是这个小王画的。”王直脸红了，腼腆地说：“报告主席，是我昨天画的，画得不好吧?”毛主席肯定地说：“这漫画画得好，不认字也能看得懂。我们做宣传工作的，就是要多搞一些形象化的宣传，让群众一看就懂，不识字也能懂，这就是通过艺术形式的宣传。”毛主席的鼓励，使王直在革命道路上，一手执画笔，一手持钢枪，从漫画士兵成长为一名将军画家。

抗美援朝显神威

中国人民志愿军抗美援朝凯旋。1964年电影《英雄儿女》上映，举国上下掀起英雄浪潮，“王成”、“王芳”、“王主任”……“烽烟滚滚唱英雄，四面青山侧耳听，侧耳听，晴天响雷敲金鼓……为什么战旗美如画？英雄的鲜血染红了她……”整整半个世纪过去，依然历历在目，声声在耳，悲欣交集，激情澎湃。

王直将军就是《英雄儿女》中王主任的原型之一。

时光回溯至1950年。朝鲜战争爆发，11月3日，中国人民解放军第三野战军第九兵团30军89师政委王直率领全师一万多名指战员，分乘五列火车奔赴朝鲜。

军列中途停靠锦州站，王直买到一份报纸，报上刊登中国共产党和各民主党派联合宣言，发出“抗美援朝、保家卫国”的伟大号召。这分明是一道战斗动员令！王直立即组织购买报纸，分组学习，进行战前动员，鼓舞士气，明确人民赋予的光荣任务和使命！车外大雪纷飞，疾风呼啸；车内指战员们齐声宣誓：“抗美援朝，保家卫国！”

11月9日上午，部队抵达鸭绿江畔，枪炮声、飞机轰隆声清晰传来……

遵照上级命令，部队趁天黑过鸭绿江，踏上了朝鲜土地。全师仅有一份作战地图、一部电台，周遭群山高耸，气候酷寒，地形复杂，电台一连几天与总部联系不上。王直与其他师领导研究，决定先执行上级原先指示，占领有利地形，争取主动，阻止敌人向鸭绿江进占。军部联络员恰好赶来，通知 89 师原地待命。

部队地处朝鲜北部山区，气温零下 30℃左右，冰天雪地，还有 200 多个指战员没穿上棉裤。全师没有帽子、手套和棉鞋，粮食补给也不足，饥寒交加。如何保护全师指战员的手和脚，成了首要问题。好在天无绝人之路，部队 267 团在柳潭里、新兴里阻击战中，缴获敌人 3000 余条军毯。王直建议剪掉军毯，包裹战士手和脚。有人提出战利品按规定是要上缴，有人认为那么好的军毯剪掉太可惜。王直力排众议，果断下令剪军毯，包手脚。

之后实践证明，其他部队因气候条件严酷，自然减员达千人以上，唯独 89 师仅损失 400 人。89 师的应急防冻措施，受到了兵团和军首长的表扬。

11 月 27 日，入朝第二次战役东线作战打响，89 师任务是围歼社仓里之敌。王直在回忆录里写道："这是 89 师出国后的第一次战斗，战斗胜负直接影响到我军军威和部队今后的士气，事关重大。"他亲临担任主攻的 266 团做战前动员。全团指战员铆足了劲，决心打好出国第一仗，以优异战绩向祖国人民汇报。部队连夜行动，翌日拂晓到达社仓里，晚十时发起进攻。战术布置按照我军传统，打近战、打夜战。266 团按照部署率先攻入社仓里北街，与敌展开激烈巷战。班长蒋德林、吴怀友冲进敌人碉堡，拉响炸药包，打开道路，部队迅速占领敌人指挥所，获取了重要情报。

敌人遭到沉重打击，慌忙爬上汽车、坦克，溃退南逃。王直亲率主攻266团，徒步追击！鹅毛大雪纷纷扬扬，天地一片白茫，积雪很快淹没小腿。美军第3师第7团车队，逃了一整天，退到剑山岭下，缩进山谷里的一个村庄。他们以为志愿军的两条腿加上恶劣天气，还远着呢，便放心睡起大觉。我266团穷追不舍，抄近道翻越海拔1300多米的香榆山峰，现身剑山岭下。王直果断指挥："包围敌人！"寒冷、疲劳、缺粮、衣着单薄的指战员们听到命令，个个精神振奋起来。战士尹华瑞端起轻机枪，对着敌人猛力扫射；班长马大球用炸药包炸飞冲来的坦克，又率爆破小组冲向敌人一个连部，连房带人一同炸毁。美军仓皇打开夜航机，照明弹把夜空照得刷白雪亮，坦克开路，伺机突围。副连长李太隆眼疾手快，抄起两颗手雷，炸毁领头两辆坦克，也堵住了后面坦克去路。高射机枪手洪成茂击落一架美海军陆战航空飞机，俘获跳伞上尉飞行员。这个飞行员曾在第二次世界大战中，击落10多架日军飞机，当他得知打下他的竟是一个20多岁的小伙子时，呜呜痛哭起来。

战斗持续整整一夜，次日上午十点，我军取得胜利！中央人民广播电台向全国人民报道了这一盛况，王直夫人收到父亲来信："王直的部队打了胜仗！"

此役结束，王直荣升为第二十六军政治部主任。

那个典型战例

知识分子当红军

王胜投身革命洪流时 19 岁，是一名初中毕业的知识分子。可他家境并不富裕，祖辈皆是穷苦农民，上私塾、念高小，毕业于县立中学，都是靠叔辈亲戚资助完成的。

1927 年，才溪有了革命活动，王胜积极加入农民协会。在协会成立大会上，组织领导号召说："才溪工农同志们，天下是我们工人农民创造出来的，我们有讲话的权利，请你们选出代表上台来吧。"台下一片安静，没人敢上去，王胜有文化有见识，也有满腹的话要讲。他穿过人群，走上主席台，慷慨激昂地演讲起来，台上台下响起热烈掌声。

1929 年 8 月，王胜与刘忠、王集成、王奇才等人一起戴上大红花，光荣地加入了上杭县红色赤卫队。临行前妻子来送别，王胜说："我参加革命，就把生命交给革命了。此去恐怕是回不来了，即使回来也成了废人，你就趁早改嫁吧，我不会埋怨的，我不能耽误你一生。"

这年冬天，王胜光荣加入了中国共产党，迈上革命新台阶。

1931 年夏天，王胜进入闽西革命军事委员会领导的彭杨军事学校轻重机枪连学习，校址位于永定虎岗。他学习十分刻苦，加上文化水平比较高，经常给老师当助教。1932 年毕业，分配到红 12 军第 36 师特务连任排长，后调任师部作战科科员。

创下典型战例

1934 年的 5 月，王胜按照上级命令，带领 100 多人到上杭、永定交界地区打游击。在上杭茶地出击武平守敌钟绍葵部后，转至永定金丰大山会合红 8 团，入编红 8 团 4 连，他任连长。下旬，王胜率红 8 团主力，潜入白区筹款。那天，侦察员急急跑去向他报告——团部遭到敌人袭击！红 8 团团部设在永定崎岭乡洋背村，突然遭到广东军阀陈济棠部一个营和当地民团的联合袭击。情况十万火急，王胜来不及请示上级，立即指挥三个连队，疾驰返回增援。红 8 团主力被王胜带来执行任务，团部防务自然空虚，敌人是瞅准了这个时机前来“捣窝”。但初中毕业、彭杨军事学校毕业的王胜善于思考，擅长用兵，早有防范。团主力在白区秘密筹款，虽说处境十分危险，但团部大本营更重要。他部署侦察员，围绕两头不间断地循环侦察，以便第一时间掌握情况，精准出击。偷袭之敌仗着人多势众，光天化日之下公然进犯。一队人马闯进村子，挑衅开战。红 8 团团部防务兵力虽然不及敌人，但红军历来是“人不犯我我不犯人，人若犯我我必犯人”。洋背村里枪声大作，战斗激烈。正处胶着之际，王胜带队从村外呐喊着冲了进来。敌人以为中了埋伏，霎时炸窝，抱头鼠窜。

此战灭敌 60 多人，打伤 40 多人，缴获 5 支枪，500 多发子弹，创下红 8 团战斗史上以弱胜强的典型战例之一。

洋背团部保卫战中，团长邱金声脚部中弹受伤，上级提拔王胜担任副团长兼参谋长。王胜带领部队在龙岩、永定、上杭边界继续打游击战，6个月，削掉盘踞民团大半势力，有力地配合了中央苏区的历次反“围剿”斗争。

长征后卫游击队

中央红军主力长征后，王胜奉命留守闽西，进行了三年艰难险阻的游击战争。

1934年10月，王胜和邱金声、魏金水、伍洪祥等人带领留守部队，挺进漳平、龙岩公路沿线，袭击敌人，拖住敌人，保障红军顺利前行。

1935年春天，王胜等率部在龙岩作战，敌人发动于我军十多倍的兵力，搜山“围剿”，移民并村，实行惨无人道的“三光”政策。国民党“清剿”司令李默庵叫嚣狂吠：“一个拼十个也是胜利。”安图把红军游击队赶尽杀绝。在这白色恐怖笼罩下，游击队的物资补给和人员补充异常困难，王胜他们随即调整战斗方案：分散作战，避实击虚，避强击弱，变被动为主动，保存有生力量，寻机消灭敌人。邱金声团长因病到后方休养，王胜副团长代理指挥部队。他和邱织云率红8团1营突出包围圈后，整编部队，成立游击队，自己担任参谋长，带着队员神出鬼没地挑刀于敌人心脏，搅碎了敌人的“清剿”梦。

1944年前后，日军对浙东游击队进行大规模“扫荡”。浙东游击区阴霾密布，王胜奉命率领浙东纵队五支队，攻打顽固派田胡子的老巢许乔。王胜和搭档邱相田做足战前功课，桌子上摊着作战思路图，画满条条杠杠、点点圈圈。他们知道许乔的兵力详细分布，了解敌方阵地每一个隆起的高地与下陷的洼地。此战如龙卷风旋过许乔，草木尽除，大获全胜，撕去了四明山的黑云，拉开了浙东部队游击战的序幕。四明山百姓抬着猪、牛、羊、鸡、鸭，放响鞭炮，欢欣鼓舞地迎接子弟兵凯旋。

北撤再回闽

1945 年 8 月，日本帝国主义投降后，我江南部队北撤，但国民党反动派背信弃义，在杭州湾布设重兵，攻击我北撤部队，妄图消灭浙东纵队于北撤途中。9 月 28 日拂晓，王胜和邱相田率部奉命北上到达周巷时，遭到国民党 98 师一个团伙同伪军的突袭。王胜果断下令部队狠狠还击，刀枪弹炮，火力齐发，狭路相逢勇者胜！激战四个小时，缴获大量武器弹药，加强了部队装置，迫使周边敌人闻风而逃，使我浙东纵队安全渡海北撤。

10 月 4 日，五支队在溆浦城又遭到国民党第 98 军四个师的重兵包围，敌 98 军军长段霖茂派人送来劝降信："限你们 12 小时之内投降，否则玉石俱焚，悔之晚矣！"我军恪守"双十协定"一路北撤，敌人撕毁条约，一路狂追猛打，还如此狂言叫嚣。王胜支队长强压满腔悲愤，一边加强防守，一边加强部队政治思想工作，寻找突围之路。

全体官兵群情激愤，誓与敌人决战到底。敌人限时已过，王胜率领冲锋队向敌人发起迅猛进攻！几个高地几番易手，打到黄昏日落，五支队成功占领扇子山、隐马山阵地。

夜幕闭合，繁星闪闪，浓重硝烟弥漫在濡湿的空气里。王胜了解敌人害怕夜战更怕连续作战。他传令支队克服饥饿、克服疲劳，发扬我军连续作战的光荣传统，整队隐蔽前进。五支队从扇子山和隐马山夹着的田间小道上秘密突围，绕开了敌人视线。经过半夜急行军，天亮前越过封锁线，金蝉脱壳，甩给敌人一座溆浦空城。

王胜带着部队继续北撤，遇到敌人就战斗，缴获了一匹高大的川马。上级指示将马匹配给王胜和邱相田使用。北撤路途艰难而遥远，他们总是接过伤病员的背包，将其扶上马背，一起前行。

1949 年后，王胜任福建省军区第八（龙岩）军分区司令员，组织指挥闽西剿匪斗争，取得了歼灭土匪 7000 多人的骄人战绩，为巩固闽西人民政权做出了重大贡献。

1955 年，王胜被授予少将军衔，荣获二级八一勋章、二级独立自由勋章、二级解放勋章，1988 年 7 月，荣获一级红星功勋荣誉奖章。

救死扶伤在火线

建军骨干

王奇才，1903年10月出生，祖辈都是才溪乡下才溪村的贫苦农民。王奇才是王家的第一个孩子，又是男孩，受够了不识字之苦的家庭，“砸锅卖铁”让他读了两年私塾。6岁的王奇才就知道能上学不容易，特别努力学习，第三年却因交不起学费而辍学。王奇才天资聪颖，一边跟着父母劳动，一边千方百计找书，反复阅读。17岁那年，他读到了一份《岩声》报，内容让他震撼不已。他渐渐明白了穷人为什么受苦、地主和官僚为什么如此横行霸道，只有革命才能让穷人过上好日子。于是他打定主意，有机会就去闹革命，为穷苦人民打天下。

有一天，两个知识分子模样的年轻人来到才溪，他们在才溪集市上搭起台子演讲、宣传，鼓动群众加入农民协会，为老百姓做事。王奇才得到消息，连忙丢掉手中的工具，一路小跑到街上，报名加入了农民协会。他也由此知道了那两个年轻人就是闽西著名的社会活动家张楷和包究生。

在农民协会里，王奇才积极参加打土豪分田地，直至领导人张楷和包究生被国民党特务残忍地杀害于上杭，才溪农协被迫解散。王奇才怀着悲愤的心情，远赴龙岩做工，继续偷偷阅读进步刊物，等待新的革命时机。

1928年春天，家乡悄悄传来消息，来了共产党，正在秘密发展党员。王奇才马上辞工返乡，找到中共闽西特委委派到才溪的共产党员李天富与罗化成。李天富问他来有什么事，王奇才说："没事，参加农会来了。"王奇才的憨厚直率给他俩留下了很深的印象。王奇才通过开会学习，对革命有了更加深刻的认识。他回家动员父母和三个弟弟都加入了农会。

李天富和罗化成开始关注王奇才：出身贫寒、苦大仇深，又积极主动。再通过假行医、算命，到他家与他谈心，考察一段时间后，发展成为骨干力量。他的家也成了召开秘密会议的革命堡垒户。1928年5月，王奇才与刘忠等受才溪乡党支部委派，去参加才溪绿林头目林祖光和红帮头目曹胜德在庄背庙召开的劫富济贫秘密集会，任务是争取他们参加党领导的革命斗争，筹备才溪农民、工人暴动。然而，暴动却因遭到国民党的残酷镇压而失败。

1929年春天，毛泽东、朱德率领入闽红军，于长汀一举歼灭地方军阀郭凤鸣旅2000余人，大快人心，鼓舞和激励了群众的革命热情，第二次才溪暴动取得胜利！那一个夏夜，明月高悬，夜虫鸣唱，王奇才等秘密来到水西坑党支部委员林应山家的阁楼上，面对鲜红党旗，他们低声宣誓："我志愿加入中国共产党……严守党的纪律，保守党的秘密……随时准备为党和人民牺牲一切，永不叛党。"同年8月，王奇才戴着大红花加入了上杭赤卫队，参加攻打上杭反动民团刘子畴和武平反动民团钟绍葵的战斗，攻打高陂、大埔，围攻武平城……一路鏖战，一路积极投入征兵工作，把自己的三个弟弟都带到了红军部队。二弟、三弟相继牺牲在战场上。

新入队的红军战士，出身不同，文化高低不同，觉悟不同，时时甩出思想包袱。王奇才眼见心急，步步紧跟，召开士兵大会，个别谈话，宣传普及党的知识和方针纲领，宣传受苦穷人的唯一出路——跟着共产党拿起枪杆子闹革命。王奇才的政治思想工作卓有成效，部队官兵步调一致，打出了一个个好胜仗！王奇才也因此被称为“建军骨干”。

救死扶伤在火线

1930 年 7 月，王奇才参加攻打吉水城战斗，8 月参加攻打浏阳文家市战斗。文家市战斗在黎明前打响，国民党军阀戴斗恒一个旅的兵力驻扎在那里。王奇才带队英勇拼杀、冲锋陷阵。那一仗打得漂亮、打得解气，全歼敌人，缴枪 1500 余支，红一军团第三纵队由此换上了钢枪装备——“没有枪敌人给我们造！”10 月 9 日王奇才担任红四军第 12 师卫生队队长，从此走上火线救死扶伤的领导岗位。

第三次反“围剿”，王奇才带领卫生队入枪林钻弹雨，哪里枪炮最激烈，哪里最危险，哪里伤员就最多，哪里就有他们的身影：背伤员、抬伤员、想尽一切办法救治伤员，多救一个同志就多一分战斗力，多一分革命的力量！这样的信念，使他们有着无穷的力量，一个个伤员在他们的竭力救治下，重返战场。

第三次反“围剿”胜利后，王奇才被提升为红 11 师军医处处长、代理党总支书记。他经常找战士谈心，了解他们的思想动态，为他们梳理思路，为他们解决需要解决的难题，从而进行马列主义教育。

1934年10月，中央红军踏上长征征途，王奇才就任红一军团卫生部野战医院副院长。

红军爬雪山过草地、战恶敌，医疗条件异常艰苦，使用过的敷料，洗干净消毒后继续使用，直到洗破了用化了为止。每一次接到战斗通知，王奇才马上带领部属，外出寻找隐蔽、安全的寺庙、洞穴，作为战地医院的场所。医生短缺，聘请当地医生帮忙；寻找俘虏医官，宣传党的政策，做思想工作，调到医院来使用。药品短缺，医疗器械短缺，他冒着生命危险赶到城镇中心，总能解决一点。敌机来袭，带着医院，带着伤病员，一起转移到安全处。那时护士年纪太小，十二三岁都有，王奇才常和她们在一起，带着工作，带着成长。

红军长征胜利，抵达陕北，精疲力竭，水土不服，病员陡增。可医院不但缺医少药，连住房，连最基本的取暖设施都很少，伤病员们衣衫单薄地挤在窑洞里。好多同志没有倒在艰险的征途上，却丧生于饥饿寒冷的窑洞里。王奇才组织人员，夙夜走村串户，动员老乡让出窑洞，出借棉衣、棉被、羊毛毯、老羊皮，使伤病员窑洞里烧起了火炕，点燃了火炉。缺粮，王奇才出去找；缺药，王奇才出去找土方、偏方，采草药；缺护理员，王奇才挨家挨户动员妇女来帮助……

"红一军野战医院，是长征路上的白雪莲，是军中的红十字花，是天使降临到人间....."红军们沿途传唱，唱到了陕北，唱到了延安革命根据地。

巴中追逃敌

太原战役显神威

1948 年 10 月 5 日，太原战役打响。华北野战军第一兵团十三纵队 38 旅旅长王海东、政委王贵德接到命令：攻占北营村。

北营村位于同蒲、正太铁路之间，距太原城 20 公里，距武宿机场仅仅 5 公里，是守敌太原防御体系南线上的重要据点。

10 月 9 日，王贵德、王海东挥师直扑军事图上那个凝视了很久的小点——北营村，摧枯拉朽、劲风席卷般地刮过战场。各部损失甚微，目标阵地尽数攻克，歼敌 900 余人，活捉敌守堡司令毕树武。首创十三纵队攻打集团碉堡群先进范例，撞开了太原守敌南线防御门户，掐断了太原往来武宿机场的铁路交通，为兄弟部队顺利攻占武宿机场扫除了障碍。

敌人南线防御门户被破后，主力转向太原以南、许坛以北地区，东山防线出现空虚。总指挥徐向前抓住这个时机，一声令下，我军一举突破东山防线外线阵地。

10 月 26 日，第一兵团全面出动，攻击目标集群“四大要塞”。

十三纵队接令：攻打山头要塞，三八旅执行任务。

山头要塞位于太原城东南 5 公里处，阎锡山和日军围垒经年，工事复杂而坚固，守敌 7 个团，攻克此地，犹如拔除敌口满嘴门牙。

王贵德、王海东率军冲向山头要塞，战斗格外激烈而艰难，时至 28 日，两个昼夜过去，才占领前沿阵地大脑山，并与敌人来回拉锯争夺。阵地上硝烟弥漫，弹痕累累，草木尽摧，地面松土阵阵腾起。两位主官心急如焚，反复调整战术，最后以我军强项——夜袭战法，消耗、拖垮敌人，至 11 月 12 日，历时半月，终于在 3 师 7 旅增援下，“削平”山头要塞。

狼烟渐熄，枪声渐停，我军旗帜一一插上牛驼寨、小窑头、淖马、山头“四大要塞”，北风呼呼，红旗猎猎，攻城大军抵临太原城垣。

中央军委突然指示：为配合平津战役，缓攻太原。

十三纵队根据上级部署，对城内敌人展开政治攻势，老乡喊话，捎信进城……截至 12 月中旬总攻太原前，争取敌军起义投诚 4000 多人。

1949 年 3 月 1 日，华北野战军第一兵团根据中央军委“统一解放军编制和番号”的命令，改番号为中国人民解放军第 18 兵团，十三纵队 38 旅改番号为 182 师，师长王海东，政治委员王贵德。

平津战役之后，十九兵团、二十兵团和四野炮兵 1 师赶来太原前线，增援攻城。

4 月 20 日清晨，晋中气温依然清冷，大地披了一层白霜。总前委发布出击总攻命令，太原前线 10 路解放大军一起出击，1 天之内，太原外围体系土崩瓦解。王贵德、王海东率领 182 师，迂回穿插，顺利攻占松庄南岭阵地，肃清外围，扫平登城道路。

24 日 5 时 30 分，总攻号角吹响！1000 多门大炮犹如惊天响雷，发出阵阵怒吼，霎时硝烟滚滚，天昏地暗，各路战队迅速突入城内，4 小时鏖战，全歼守敌。

太原战役历时半年，终于拉下帷幕。

太原解放，孤守大同之敌，选择了唯一出路——接受和平改编。

卫戍西安

1949 年 5 月 26 日，王贵德所在六十一军从驻地榆次出发，开始远征。6 月 3 日抵达临汾，接到彭德怀副总司令员来电："西北情况紧急，胡宗南之三十六军、三十八军和九十军，一路由宝鸡进至虢镇，另一路由凤翔岐山的横水镇南下，'青马'骑兵第 8 旅进至监军镇，青马主力马继援的八十二军在行动中与我第二军部队接触，企图反扑西安。六十一军应兼程前进，限于 6 月 6 日赶到黄河北岸之风陵渡口，渡河车运西安。"

初夏 6 月，天气转热，雨水连绵数日，道路泥泞难走。常规 5 天的行程，现在 3 天就要赶到，每日必须急行军 50 公里以上。182 师已经 11 天连续行军，大多数官兵脚上起泡，体力消耗自不言说，但军令如山，指战员们听到彭总的命令，立即抖擞精神加速前进……

正在防守西安古都的是第一野战军第六军。西安是第六军攻下来的，六军军长罗元发在回忆录里写道："记得我军解放西安以后，虽然城市社会秩序得到较快恢复，但仓皇退距秦岭山区的胡宗南，发现华北兵团并未入陕时，即企图反扑西安。当时的形势比较紧张，我们一个军如何固守西安迎击敌人呢？这时正在指挥太原战役的彭总通过野司指挥我们，采取一切办法迷惑敌人，造成假象，促成敌人判断失误。当时我们在西安摆了个‘空城计’。”

王贵德、王海东率领182师于6月6日准时到达西安，西安防守警戒松了一口气。181师连夜北渡渭河，加强咸阳防守。一个礼拜后，果真等来“青马”主力八十二军三路，我军备战充足，打得敌人落花流水，他们损兵折将2000余人，寸土未得。此时华北大军已进驻西安，敌八十二军反扑西安之梦破灭，遂向西逃窜。

《英勇战斗的六十一军》一书记录了王贵德、王海东卫戍西安：182师在敌人企图反扑西安的情况下，执行卫戍西安的任务也相当复杂艰苦。当时，暗藏的敌特破坏活动猖獗，抢劫不断发生，甚至袭击游击队，弄得人心惶惶。该师针对这一情况，召开了党委扩大会，总结了卫戍经验。六月下旬，各级领导深入群众，调查敌情社情，协同政府有关部门，发动组织人民群众搞好社会治安，日夜加强巡逻，对隐蔽敌人的斗争取得了很大的成就。

巴中追逃敌

1949年9月，中华人民共和国成立的前一个月，国民党军队在全国战场上一如秋后蚂蚱，还要最后蹦跶几下。90万余敌盘踞西南地区，他们是胡宗南、张群部属和上海空军、联勤总部及游杂部队。蒋介石妄图以四川作为防御重点，沿秦岭、大巴山、巫山、武陵山组成“西南防线”，进行负隅顽抗。

中央军委发出灭敌指示：第二野战军应从南面进军，断敌退路，取大迂回动作，插至敌后，先完成包围，然后再回打。

四野攻打广西，二野主力以大迂回策略取道湘鄂西，直出贵州，占领川东南，斩断川境之敌向云南的退路。驻扎宝鸡的一野第十八兵团等部，将胡宗南紧紧牵制在秦岭地区，等待二野完成“切路”之作，迅速入川，联合消灭胡宗南集团。

12月4日，六十一军负责北线左翼作战任务，主力部队从咀头、江口向陕南城固方向攻击前进，十八兵团分作左、中、右三路，南下追击敌人，王贵德、王海东率领182师朝经洋县方向追击。

时值寒冬腊月，冰碴子覆盖六百里秦岭，崎岖山路，六十一军各路部队奋力前行……

王贵德、王海东率部穿过太白山东侧“骆谷”，马不停蹄急行军整整8天，12月24日准时抵达陕南固城，与六十一军主力如期会合。

此时，南线部队二野已攻取内江、隆昌、乐山等地，康、滇国民党军见机起义，胡宗南15万残部的退路已被我军生生斩断，匆忙丢弃大巴山防线，溃逃川西。

十八兵团展开追击，六十一军穿越大巴山入川，经南江、巴中南部向三台方向追去。王贵德、王海东率182师下大巴山入川，宛如猛虎添翼，愈发矫健骁勇，急行军日越百里，三天半时间走完敌人八天所走路程，令敌惊呼：“疯子！不可思议！”182师路遇敌人两个师，都是一触即溃。追击逃敌正是王贵德的强项，追到嘉陵江边，歼敌2个团，乘胜渡江，取阆中，继而配合

181 师、183 师解放了苍溪、南部、盐亭沿途县城，合力歼灭企图渡过涪江的敌七十六军、十七军 6000 余人。王贵德、王海东愈战愈勇，一鼓作气指挥部队将敌人追至三台县，俘虏敌十七军军长周文韬及属下 4000 多人。

12 月 26 日，王贵德、王海东率 182 师会合六十一军主力，胜利抵达成都会战集结地。

12 月 27 日，成都解放。扶郿、成都两大战役，将胡宗南集团彻底摧毁。

一发子弹拿下敌据点

初出茅庐

1941年4月，新四军第6师16旅在宜兴闸口成立，组织任命王香雄担任独立2团2营营长。接到命令，王香雄心里没底。他找到老乡领导——旅政治部主任王直说：“王主任，您是了解我的。我长期在机关工作，基层连长、排长都没有当过，现在一下子叫我当营长，我自己觉得我没有指挥部队的经验。您看，您是不是出面帮我向上级建议让我继续当参谋?”王直性格直爽，嗓门洪亮，大声笑着说：“你这就错了，你怎么不能当营长？你在部队经过长期锻炼，旅首长相信你可以当好营长。要带好部队就要从实践中去摸索，熟悉了工作规律就有把握了。当然，你面临的困难是有的，而且还很大。太滆地区敌人据点密布，又是处在敌、我、顽三角斗争最复杂、最尖锐的地方，斗争是艰苦的。独2团又是新组建的，比较复杂，团长程维新和1营都是统战部队，处处都要注意党的统战政策。开始可能会遇到一些困难，你要有充分的思想准备。”王香雄听完主任一席话，心里踏实了很多，自信心油然而生。临别时，王直送给他一句话：“世上无难事，只怕有心人。”

王香雄到任不久，营里就出了事，营教导员谢寿华竟携枪逃跑了。此事之后，组织任命王香雄担任营教导员。

1941 年 5 月，王香雄带领 2 营一个连，赴武进县鸣凰、前黄、南夏墅、礼嘉桥、板上等七区开展敌后武装斗争。这里情况如王直主任所说异常复杂，伪军、国民党顽军和土匪混杂，各霸地盘。共产党的力量相对比较薄弱，群众还没发动起来，“反伪化”斗争十分激烈。

6 月 1 日，王香雄率独立 2 团 2 营 1 部回到闸口，宿营姚桥头、朱树下、尹家塘几个村庄，进行弹药、物资补充和修整。3 日，按计划王香雄应当带领全营，插进南宅地区进行工作。下午天降大雨，他觉得行军不便，便请示团政委和参谋长后，继续把部队留在原地驻扎。未曾想日军闻到风声，调集千余兵力，从无锡、常州奔袭扑来，他们又落入敌人包围之中。王香雄指挥 4 连冲向杭桥头附近的敌人，相机抢占制高点。他带领 5 连夺取了小湾渡桥。此时，4 连方向枪声激烈，他连忙派 2 名通讯员向 4 连传达撤退命令。4 连接到命令，边打边撤至小湾桥与王香雄和 5 连会合。敌众我寡，情况危急，王香雄沉着指挥，4 连在前，5 连断后，向马庄桥方向撤去。一梭子弹袭来，5 连连长倒下，日军穷追不舍。部队撤到漕桥河欲渡河时，发现对岸有日军，当即折身再向西退。到达钱家圩时，迎面一条河流拦住去路。前有河阻，后有追兵，王香雄望着湍急河水，恨不得全体指战员插翅能飞。突然，他看见河上有一只小船飞快地向他划来。这难以置信，王香雄怀疑自己急火攻心，出现幻觉。他甩甩脑袋，使劲儿眨眨眼，没错，就是一只小船向他划来。越来越近，看清了，是他以前住沙滩村的老房东，在这危急时刻，前来搭救他。王香雄抽抽鼻子，硝烟熏黑的脸上露出笑容。老房东冒着生命危险来接应部队渡河，为了争取时间，战士们有的乘船，有的游泳，有的找来丢弃河边的木脚盆作独木舟，快速渡河而去。追敌赶到河边，气得跺脚扔石，“八格牙路”胡乱放枪。

6月5日这一天王香雄终生难忘。他带领1连与第七区自卫团指导员朱真带领的武装会合后，进入礼嘉桥西北的大唐里村开展工作，因为事先没有得到情报，突然遭到一股伪军包围。王香雄指挥连队仓促应战，因敌众我寡，情况不明，只好边打边撤。可在村里做群众工作的指导员朱真转移不及，落入敌手，惨遭杀害。

朱真的牺牲，成了王香雄永远的伤痛。

一发子弹拿下敌据点

1942年10月，王香雄奉命带领2营前去摧毁寨桥敌据点。寨桥西邻滆湖，伪军张来胜安插一个排，盘踞于此，平日横行乡里，欺压百姓。

接到出击命令，王香雄先按兵不动，一年半的一线作战经验使他成熟起来。仗要打赢，人要保住，武器弹药尽可能节省。他缜密思考，周全部署，先与武南县委、丁舍区委取得联系，派出侦察员打进敌人据点，买通伪军一个副排长和一个班长，摸清敌据点兵力、装备，商定好内应时间、办法。28日晚上，没有月亮，天地漆黑、静寂神秘，这似乎在为一件事情的爆发而凝神聚力。一切豪迈之举，将在寂静之中发生；一切聪明之事，都有缜密的思考。王香雄带领部队，悄悄摸进敌人据点，一枪击毙敌排长。其余伪军被这突然降临的天兵天将震慑得瑟瑟发抖，呆若木鸡，个个举枪投降。

酝酿了数日的战斗，眨眼间结束，没有硝烟，没有寒光，一发子弹，摧毁了敌人一个据点。

此后，武南湖岸上再也没有出现敌人的据点，为扩大抗日武装斗争创造了良好条件。

除夕夜的枪声

1943年1月，王香雄带领5连乘着船只，前往湖州以东地区，接应4连归建二营，相机消灭敌人。当船行至南浔镇西北的太湖边准备靠岸时，伪军1000多人从东南两面黑压压地夹击而来。敌人10倍于我而无路可退。王香雄脑子里闪电般掠过四个字：绝地反击。他号令全连："背水一战，誓于敌人拼到底！"

他快速分析敌情和地形后，命令指导员陈阳德带一个班一挺机枪，抢占东面土坡上的那座小庙作为制高点，狠狠阻击东面之敌。他对战士们说："大家要沉着，听从指挥，我相信我们一定能打胜。我的驳壳枪没响，谁也不许开枪，要等敌人靠近我们阵地时，一起开火！阵地一定要守住，哪怕是到最后一个人，也要守住阵地，掩护部队反击。"指战员们瞪大眼睛，咬紧牙关，盯着敌人一步步逼近。只剩下几十米了，王香雄还是不动声色，拿起机枪班长的黄烟斗抽起烟来。敌人离他们30步了，王香雄甩枪打出一梭子弹，大喊："打！"50颗手榴弹、几挺机枪同时开火，摧倒敌人一大片。王香雄再大喊："跟我上！"战士们跟他跃出掩体，短枪打、刺刀刺、大刀砍！打得敌人落花流水、仓皇溃退。此役毙伤敌人数十人，缴获轻重机枪各1挺、步枪10多支，重要的是，打出了 2 营的威风，打出了 2 营必胜的霸气！

那一年的 2 月 5 日是农历除夕夜，王香雄他们不能松懈。这时传来情报：杨树园伪自卫团严文耀、戈阿焕的大部分士兵都回家过春节去了。王香雄听罢一喜——战机来也。他命令团部锄奸干事曾庆瑞带领武南县短枪队夜袭伪军据点。当晚 10 点多，短枪队突进敌据点，“叭叭叭叭” 4 枪就结束了战斗。这次战斗生俘伪军 6 人，缴获长枪 8 支，轻机枪 1 挺，子弹 700 余发。

鞭炮声声，新年来到，新的曙光升起！武南县政府在鸣凰附近召开祝捷大会，以胜利的喜悦庆祝春节。

“矮牯”营长

1943 年春夏间的一天，王香雄带着 20 多名战士，在淹城南面的一个只有 10 来户人家的小村子里宿营。翌日上午，日伪军 1000 多人进村来“扫荡”。敌人从村南开始梳蓖式搜查。王香雄明白已经陷入敌人包围之中。他冷静指挥村民上演“空城计”，传讯各家各户敞开大门，不要慌张，沉住气应对敌人。他和战士们一起隐蔽在房东陈兰英的内厨房里，上好一把把刺刀，揭开一颗颗手榴弹盖，准备同敌人拼死搏斗！日军、伪军“叽哩哇啦”叫嚷着涌进一户户人家。一群日伪军来到了陈兰英院里，王香雄透过门缝机警观察。只见陈兰英自然而“热情”地招呼，给日军递烟敬茶，并说：“太君，我屋里没有新四军。”说着把房间门打开让鬼子查看。待日伪军正欲摸进王香雄隐蔽的房间时，几个村民偷偷打开鸡笼、鸭笼，鸡鸭“叽叽嘎嘎”满院飞跑起来。日军闻声，回头去抓鸡鸭，新四军化险为夷。日伪军离开后，王香雄带队安全转移。

不久，王香雄率一排战士以及武南县短枪队，在日、伪、顽密集混交地区，见缝插针开展工作一年多，布起了革命的丝丝“毛细血管”。村农会会长送来情报，驻漕桥的13个日军和南宅的20多个“清乡”警察下乡扫荡，要经过附近的华渡桥。王香雄听罢，心里明白几分。他决定选择有利地形伏击！他带领全排战士埋伏在一片竹园里。鬼子果真进入了伏击圈，一声令下，机枪、步枪、手榴弹一起开火，并发起冲锋！数十个敌人除了两个鬼子逃脱外，其余全被歼灭。此战缴获步枪20多支，吓得日伪军再也不敢轻易下乡“扫荡”了。

1941年至1945年的四年间，身材矮小的王香雄率领独立二团，在极端复杂、困难的环境里，打赢无数次硬仗，歼灭敌人、缴获武器，把独立2团发展壮大成为一个2000多人的主力团，粉碎了敌人消灭我独立2团的痴心妄想，“矮牯”营长的威名也被人们广为传颂。

甚好甚慰

1951年10月2日，毛泽东主席审阅空军司令员刘亚楼呈上的一份电文后，亲笔批示：“刘亚楼同志：此件已阅。空4师奋勇作战，甚好甚慰……”

战报主内容是1951年9月25日至27日，志愿军空军在抗美援朝战场上大战美空军，3天击落美机26架，首创击落美最先进F－86战机佳绩。

让毛泽东表扬并感到欣慰的空4师，彼时正战斗在朝鲜战场上。两年前，中国人民解放军空军刚成立，刘亚楼任司令员。刚打完横渡长江战役的王香雄参与筹建空军航空兵的第一支作战部队——空军混成第 4 旅（后改成空军第 4 师），并担任参谋长。

王香雄记忆力超强，学习快，很快便掌握空军作战指挥要领，执行命令飞抵朝鲜作战，改任空 4 师副师长。在空 4 师队伍年轻、装备处于劣势、实战训练也有限的情况下，王香雄号令战队："高度警惕！边学边打，边打边积累边分析，世上无难事，只怕有心人！"

空 4 师在血与火的淬炼中，迅速掌握一套实战本领，将称霸空中的美军战机接二连三击落，取得了人民空军的辉煌胜利。

刘亚楼司令员闻讯喜不自禁，立即向空 4 师指挥员、飞行员和地勤工作人员发去贺电，赞扬空四师是初建人民空军的光辉范例，赞扬声震长空、威慑敌胆的战斗英雄在人民空军作战史上写下了光辉的篇章。

红日照亮遵义城

长征首战旗开得胜

1935年的贵州，苦难深重，但春天依然迈着清新的脚步来到。草木发芽，暗暗孕育花蕾，又是一年新的期盼。远望乌江北部，线绳般崎岖山路上，出现了一支扛着钢枪的队伍。这是一支中国工农红军的队伍，指战员们个个脚下生风，精神抖擞，沿途百姓看得信心倍增。这是一个团的队伍，团长朱水秋，来自湖南，代政委（后政委）王集成，来自福建上杭县。

1月3日，这支部队还在乌江南岸。王集成和朱水秋接到师长陈光和师政委刘亚楼下达的紧急命令："立即跨过江去，迅速前进，直取遵义城。"当下，两人就乐了！从撤离中央苏区开始，部队就担任光荣的前卫任务。在突破敌人第一道封锁线时，他俩率领所在部队以迅雷不及掩耳之势，袭占金鸡岭，旗开得胜。

鞍上办公

王集成和朱水秋以奔袭、奇袭战术一举夺取城口，突破长征第二道封锁线。两个多月来，跨潇水、抢湘江、占黎平、渡乌江，6团都圆满地完成了上级交给的任务。

接到命令，王集成、朱水秋集合部队，摸黑向乌江前进。乌江两岸峭壁夹立，激流飞泻，浪涛击岸，战士们一个个紧贴在竹筏上。竹筏犹如脱缰野马，跳荡在一个个浪尖上，随时都可能倾覆。但深知兵贵神速的两位主官，仍然觉得不够快。

天光放亮时分，6 团安全度过乌江，初春的寒冷早已忽略。王集成和朱水秋顾不上休息，整理好队伍，跑步前进，目标遵义城。黔北山路窄如羊肠，坎坷陡峭，但红军战士头冒热气，面如渥丹，健步如飞。朱水秋骑在马上，打开贴身皮挎包取出一份地图，摊在马项背上，招呼王集成过来。王集成正在队列中穿行，给战士们鼓劲儿打气，了解战士们的身体情况。他应声赶了过来，和团长开始了长征以来就形成的“鞍上办公”。

“老王，”朱水秋手指地图说，“以 1 营、2 营为突击队，从东、南两面向遵义突进，以 3 营为后卫，你看怎么样？”

朱水秋年富力强，他早早投身国民革命军，历经北伐战争、大革命失败，先后参加过南昌起义、湖南起义，是跟随朱、毛经历过井冈山斗争的老资格红军。先前他担任 5 团营长时，就十分敬佩王集成——这个年长他 3 岁的团总支书记，政治工作很拿手，仗也打得很出色，是军团 6 个团总支书记中的模范人物。在第五次反“围剿”战斗中，5 团代理团长身负重伤，继任团长又壮烈牺牲，团政委刘忠腰部受伤。就在这个危难时刻，王集成挺身而出，一边照顾躺在担架上的刘忠，一边沉着地指挥部队撤出战斗，转移到安全地带。

朱水秋与王集成到 6 团搭档后，更是尊重他，尽管朱水秋有着丰富的军事经验，但逢大事小情，都要与王集成商量后决定。

“我看可以，就这么办！”王集成迅速思考后果断应声。

日暮时分，6 团已到团溪小镇。王集成和朱水秋合计一下：

此地距离遵义城还有45公里，部队渡河、急行军一天一夜，非常疲劳，就此休息，停止前进。朱水秋抓起刚架好的电话："喂，曾营长吗？明天啊，你们营可是前卫，要不惜一切代价，坚决占领遵义城！"曾保堂是个"打仗狂"，痛快回答："是！请团长放心！""哎，曾保堂！"王集成接过话筒，"遵义是黔北重镇，城防坚固，你可不要大意，拿不下遵义我打你的军棍！"曾保堂曾在红5团当过连长、代理营长，是王集成的老部下了，话筒里传来嘿嘿笑声。"你别笑，咱们走着瞧！"王集成顿了顿接着说，"从这里到遵义还有一天的路程，你要保证部队今晚充分休息。同时赶快找向导，把路线调查好。我和团长研究好作战方案，派唐参谋去协助你。"

大战前夕

夜里淅淅沥沥下起了小雨，都说春雨贵似油，可这大战前的节骨眼儿上，这雨让王集成辗转反侧，难以入眠。他索性披衣起床，坐在火塘边思考问题。离开中央苏区两个月来，一路走一路打，突破第四道封锁线时的惨烈景象浮现眼前。为了掩护中央机关渡过湘江，无数战友捐躯沙场，鲜血染红了湘江水。跨过湘江，部队人员损失过半。怎样利用现存力量，怎样更高地提升战斗力，成了王集成思考和解决的重要问题。添一根柴，火炉哔啵作响，蓝烟突起……

翌日大清早，天空还是黎明前的墨黑，王集成和朱水秋就起床准备出发。警卫员进来报告：中央直属纵队的刘伯承司令员来了！朱水秋匆匆洗把脸，出门集合部队。王集成跑步去见刘司令。跨进门槛，刘伯承正在洗脸。他带着干部团从总部赶来指挥遵义战斗，虽然急行了一夜，消瘦的脸上却看不出一丝倦意。

“你们打遵义有把握吗？”刘伯承关切地问。“报告首长，没问题，王家烈的部队早就领教过了，遵义一定拿下来。”王集成满怀信心地回答。接着他详细地汇报了作战计划。刘伯承思忖片刻，点头表示同意。随后问道：“部队一定很疲劳吧？”

“疲劳是疲劳，可大家一听说打仗，干劲就来了，疲劳也就没了。”王集成如实回答。

“士气高很好，作为政治委员，一定要尽可能保证战士战前得到充分休息。”刘伯承又叮嘱道，“我们的日子是比较困难的，要求仗要打得好，还要伤亡少，又要节省弹药，这就需要多用点智慧啰！”两人正说着，机要员送来一封电报。刘伯承看完笑着说：“三军团已经切断了贵阳到遵义的通道，我们可以不必顾虑敌人的增援了。另外，总部还命令三军团派一个师从正南进攻，这样，我们两个师协同作战，更有把握攻占遵义。”

根据刘伯承司令员的部署，王集成和朱水秋率领红6团摸黑向遵义城疾步进发。贵州天无三日晴，昨夜一宿小雨，这时又下起瓢泼大雨。沙土泥巴山道又软又湿，前面走过，后面就成了泥浆。天地和合，视线穿不透无尽的黑暗，脚下滑溜，不时地有人摔倒。但王集成的政治鼓动工作特别有效，大家情绪高涨，有说有笑，快步小跑奔向遵义城。

第二天午后，前方侦察员报告：在距遵义城30里的深溪水附近，发现敌人据点，兵力一个营。刘伯承立即喊道：“王集成、朱水秋！我命令你们一定全歼这股敌人，不许一个漏网，走漏风声，就会影响打遵义！”王集成和朱水秋异口同声：“是！”他们立即指挥部队兵分两路，呈钢钳形钳向敌人。

深溪水附近的那个据点，设在一个叫桑木丫的险要处。一条窄小石板路，两旁山上各有一个碉堡。那伙敌军是贵州军阀侯之担的一个营，因为红军突破乌江防线而溃退这里，一个个口流口水，双腿打战。贵州军阀队伍很多官兵抽大烟，每人两杆枪，一杆烟枪，一杆真枪。人人烟枪不离手，走到哪儿吸到哪儿，不吸烟就无精打采打不了仗，被老百姓耻笑为“双枪兵”。

风声雨声似乎在掩护红6团，也似乎在为他们鼓劲儿，越来越大。双枪兵看到下大雨，以为红军不会来，就安心过起烟瘾来。站岗的哨兵也许犯了烟瘾，红军摸到眼皮子底下都没发觉。红6团迅速包围了两个据点，突击队闪电般冲进去：“缴枪不杀!”敌人在“吞云驾雾”里猛然惊醒，慌忙扔掉烟枪找枪支。但事已晚矣。敌营长一看大事不妙，带着几个人窜向村子，却落入红军包围圈，除了负隅顽抗被击毙以外，剩余全被俘虏，无一漏网。

战斗结束，王集成一面收拾打扫战场，安抚百姓，赔偿群众损失，一面从俘虏群中挑出一个连长、一个排长和十多个出身贫苦的士兵。看着俘虏们惊恐的眼神，王集成宣传道：“不要害怕，我们红军从来不杀俘虏，也不虐待俘虏。”当了俘虏不但不杀头，还给饭吃，愿意回家的还发给路费。这些军阀队伍里的官兵简直不敢相信，但是他们的戒心和敌意正在渐渐消散。王集成深入浅出地讲了一番红军北上抗日的道理，随后话锋一转，单刀直入地说：“我们今天打遵义，谁了解城里的情况，就如实说来，说对的，有奖赏。”

“长官，红军对我们这么好，小的哪敢不效劳？我说，我说，”俘虏连长听到还有犒赏，立刻抢先说，“乌江以北是副军长侯之担的地盘，别看他王家烈是军长，侯之担根本不理他。红军打过乌江后，易旅长让我们团撤到深溪水，刘安祯团在龙坪设防堵击。遵义城分新区和老区，共有三个团防守。守备司令原来是侯汉佑，侯走了，现在司令是林秀生。”“林秀生原来在哪里?”王集成从俘虏语气中捕捉到了轻蔑，紧追问道。“他是教导师第二旅旅长”俘虏连长骂起来，“这小子他妈的根本不是我们贵州人，他是云南人，被龙云赶出来才投向这里，我们贵州人哪个服他?”他接着说，“长官您拿张纸来。”这个俘虏连长还能绘图，他将遵义城敌人的防守工事和守敌分布情况，画成一张草图。别的俘虏也围过来补充了一些细节。

王集成看看问得差不多了，就给每人奖赏三块银元。俘虏们捧着银元激动地说：“我们当官的说你们是红鼻子、绿眼睛，杀人又放火，被你们抓到要挖眼睛剖肚子……没想到红军是好人，是我们的救命恩人。”押走俘虏，王集成根据掌握的情况，反复思考着下一步的作战方案。红军突破乌江天险，从气势上已经压倒了黔军，打下遵义是有把握的。只是黔北为少数民族聚集地，多年来受国民党军阀的反动宣传，对共产党和红军知之甚少。如果强攻遵义，可能会伤及无辜，不利于消除群众对红军的误解，怎样才能以最小的代价夺取遵义城呢?

红日照亮遵义城

想着想着，王集成突然眼前一亮，他急忙找来朱水秋说出自己的主意。朱水秋一听拍手叫好：“行啊，老王，就这办法!”两人拔腿出门，跑步去找刘伯承。“司令员，我们基本摸清了遵义城的敌人情况，我跟朱团长商量，决定化装成敌人，利用俘虏去诈城，打个便宜仗。”王集成汇报说。

“很好！这就是智慧。”刘伯承称赞道，他考虑了一会儿叮嘱说，“装敌人一定要装得像，千万不能叫敌人看出破绽来。”“是！请司令员放心。”王集成和朱水秋齐声回答。那么，这出戏的主角由谁来演？王集成和朱水秋同时想到了一个人——1营营长曾保堂。他有表演天分也有成功案例。那是刚离开中央苏区的时候，红六团奉命攻占仁化县北部的一个山隘口——城口，敌人在那里设置了第二道封锁线。城口临河，河上有一座木桥，敌人岗哨设在桥头，防守十分严密。王集成和朱水秋采取迂回包抄战术，1营从正面突破，2营从侧面迂回包抄，借夜色掩护行动。那天晚上，1营营长曾保堂带领1营，悄悄摸进到距桥头数百公尺时，暴露了。

“什么人？停止前进！”守桥敌人拉响枪栓大声喝问。

曾保堂脱口模仿敌人腔调镇定回答：“自己人！”

趁敌人愣神之际，1营战士飞速上前捂住哨兵嘴巴，夺下枪，担任迂回的2营也立刻赶到。我军两面夹击，一举歼灭守敌，生俘一百多人，为后续部队打开了前进通道。

看来这次诈城非曾保堂莫属。政委、团长齐声喊道：“通讯员！叫1营营长过来。”

“曾保堂，请你演个角色……”王集成开门见山，布置任务。曾保堂听罢，马上立正并敬礼：“是，保证完成任务！”

“好！1营集合！”王集成操着浓重的客家口音命令，“同志们！你们1营勇敢善战，是一支英雄的队伍，是我们红6团的主力，一路走来，你们多次担任前卫，每次都出色地完成了任务。

今天，你们又打垮了敌人的‘九响团’，现在马上又要出发去打遵义城。同志们，遵义是黔北重镇，中革军委很重视这个地方，刘司令亲自赶来指挥作战，中央首长也马上就要上来了。团党委希望你们不怕艰难困苦，哪怕饿肚皮，也要坚决冲上去，打开一条道路，让我们把遵义城拿下来。同志们，能不能完成任务？”

1营全体指战员挺胸回答：“保证完成任务！”

雨没停，继续哗哗下着，大地笼罩在湿雾里。晚上9点左右，红6团冒雨出发。1营3连和侦察排以及全团二三十个司号员，全都换上敌人军装，在曾保堂带领下，走在队伍最前面。那十几个经过教育的俘虏跟着王集成夹杂在队伍中间，朱水秋率领团“大部队”紧跟其后，万一诈城不成，就实施强攻。

走在这样的夜路上，如同行走在一个黑洞里，伸手不见五指，脚下泥巴路打滑！差不多每人都要摔上几跤，个个满身泥水。草鞋粘在烂泥里，很难拔出来，拔了几次，影响跟队，就索性弃鞋赤脚前进。石块、荆棘、泥沙挡不住红军勇往向前的一双双铁足。

急行军两个多小时后，雨慢慢小了。王集成发现远处有一点灯火，像星星一样吊在半空，他警惕地问俘虏：“那是什么地方？”“到了，那就是遵义城上岗楼的灯光。”俘虏悄声回答。王集成发出一声暗号，大家马上装成败兵，慌慌张张跑向城根。

“干什么的？”一声厉喝甩下城楼，随即枪栓哗啦作响。

俘虏操着地道贵州方言：“自己人！”

“哪一部分？”

“我们是易旅长的队伍，刚从江防阵地撤到深溪水，就叫‘共匪’给包围了。据点丢了，营长也被打死了。我是1连连长，带着一部分兄弟好歹逃了出来。现在‘共匪’还在后边追我们，你行行好吧，快把城门打开，放我们进去，救救我们。”俘虏连长按照王集成教给他的台词，惨兮兮地回答。

“你们营长叫什么名字？”

俘虏连长说出营长名字，城楼上没了声音。事不宜迟，王集成发出第二个暗号，曾保堂立即指挥那些俘虏兵乱糟糟地喊：“快开开门哪！麻烦麻烦啦！‘共匪’马上就追上来啦！”

“吵什么！”一个当官的口气朝下吼来，诈城人立即“服从”不作声了。城楼上射下几束手电光，在这群“败兵”身上一阵乱扫后，才说：“等着，别吵，这就给你们开门！”

大家屏住气息，上好刺刀，子弹上膛。哗啦一声，大门栓拉开了，“吱——吱”又高又厚的城门打开了，“怎么？‘共匪’已经过江啦？这么快！”开门敌军害怕地问率先上前的侦察排同志。

“是呀！现在已经进了遵义城！”一支冰冷的短枪顶住了敌人太阳穴，“不许动，不许喊，我们是中国工农红军！不然就打死你！”敌人“啊”了一声，瘫倒在地。诈城成功！王集成、朱水秋立即指挥部队冲进大门，有的割电线，有的登上城楼消灭敌人，23个司号手一起吹响冲锋号角。后续部队激流般冲向街道，枪声、手榴弹爆炸声、缴枪不杀震慑声、睡梦中惊醒的敌人的哭喊声交响在遵义城街和上空。

翌日清晨，红彤彤的太阳跃过山巅，照亮了新生的遵义城。老百姓走出家门，排列街道旁，挥舞彩旗，燃放爆竹，敲锣打鼓地欢迎子弟兵，庆贺红军胜利！

“报告司令员，遵义城被我们拿下来了！”王集成、朱水秋毫无倦意，精神振奋地向刚进城的刘伯承报告。同样是彻夜未眠的刘伯承满意地笑了。

年轻的“老革命”

年轻的“老革命”

孔瑞云，福建上杭人，1917 年出生，让我们看看他的革命经历吧。

11 岁：参加暴动。他跟着父老乡亲们，打土豪分田地，把地主的钱财分发给穷苦百姓，自告奋勇地当上乡苏维埃政府交通员。

12 岁：担任石圳潭儿童团团长。孔瑞云天生机智沉着，有一股子初生牛犊不怕虎的劲儿，敢闯敢干，有号召力，被推举为儿童团团长。

13 岁：调任旧县区儿童团团长。那是 1930 年，他人小志不小，加入反帝大同盟，带领儿童团员们日夜站岗放哨，苦练杀敌本领，是乡苏干部们十分喜爱的“红小鬼”。

14 岁：光荣加入中国共产主义青年团。

16 岁：由共青团员转为中国共产党员，报名当红军，荣任红 12 军 108 团团部书记。参加攻克武平、攻克上杭及反“围剿”大规模战斗，表现优异。

17 岁：担任红 1 军团 1 师 3 团政治处书记。

18 岁：参加惨烈而悲壮的松毛岭战斗。

之后，踏上举世闻名的红军二万五千里长征，到达陕北革命根据地。在血与火，生与死的一次次考验中，成长为一名“年轻的老革命”。

抗日第一仗

1937 年 8 月，陕甘宁地区红军主力正式改编为国民革命军第八路军，孔瑞云担任独立团连政治指导员，团长是杨成武。

9 月，孔瑞云所在的 115 师在洛川庄严举行东渡黄河开赴抗日前线誓师大会。日军坂垣师团第 21 旅企图经平型关迂回雁门关，与他们右翼师团会师。115 师决定利用平型关有利地形，狠狠伏击日军板垣师团，打破敌人会师之梦。

按照总部署，杨成武率团大胆插入日军第 21 旅侧后，守住涞源至灵丘、广灵至灵丘的两条公路，阻击日军增援部队，保障师主力在平型关的伏击。

24 日中午，独立团进至选定“守点”——灵丘腰站村，由此写下中国军史上由杨成武指挥的腰站阻击战的不朽篇章。

腰站位于涞源以西 20 多公里，是涞灵公路上的一个小村庄。这里四面黄土山丘光秃秃灰茫茫。从腰站向东是驿马岭，岭上有个狭窄隘口，涞灵公路从隘口穿过，敌人增援平型关，隘口是必经之路。

杨成武率部抵达腰站，立即派 1 营占领驿马岭隘口。

此时隘口已被日军占领，小股骑兵从隘口下来，1 营尖兵眼疾手快，击毙两个，其余退回隘口。

独立团马上在公路两旁的山头上构筑阵地，做好堵截准备，同时调配部队，1营驻守山头，2营进驻三山镇，拦截广灵方向日军，3营作预备队，撤到后方宿营。

入夜，大雨滂沱，驻守山上的1营士兵没有雨具，也没有帐篷，背靠背露天静坐，个个被雨水淋得透湿，但战斗精神依然昂扬。天光放亮时，全部悄悄进入阵地。

七点过后，风停雨住，浓雾渐散，山峦沟谷显现。这是孔瑞云第一次与日本侵略者短兵相接。国难仇、民族恨一股股窜上心头，他两眼冒火，紧攥枪支，静待指令。

杨成武命令1连负责正面阻击，2连从右翼突袭隘口，3连迂回攻占隘口南面山峰，以火力压制隘口日军。

不久，一股日军就从隘口踅摸下来，端着三八步枪，戴着钢盔，身上的黄色军服在独立团战士看来特别硌眼。敌尖兵两三人一组，借岩石、土坎作掩护，朝1连阵地搜索过来。

1连全体机警盯着，沉住气，就在日军快接近前沿阵地时，一声指令，机枪手扣动扳机，率先开火。各个山头立即枪弹齐发，前面的几十个日军纷纷倒地，后面的日军慌忙向四面散开，纷纷藏到岩石、灌木、土坎后边，与我军对抗。

腰站战斗打响不久，平型关传来消息：日军已进入伏击圈。林彪指示杨成武坚决阻击增援日军，不得放其西进。

战斗打得非常激烈，孔瑞云果断指挥特等射手，瞄准灌丛里的顽抗日军射击，撂倒日军数十人，迫敌后退几十米。

这时西南方向传来炮声，平型关战斗打响了，独立团2连从右翼向隘口迅速出击。1排长带领战士绕到隘口上，向下侦查，发现日军指挥部！山洼里密密麻麻支满帐篷，停着几辆摩托车，几百个日军一边吃着干粮一边喝水。1排长示意：手榴弹！全排一齐拉开手榴弹，投向日军，随即跳进隘口，冲入日寇群，肉搏、刺刀拼，大大杀伤了敌人。

下午 4 时，平型关战斗结束。独立团预备队数百人跃出营地，迅疾插到隘口东面，从日军后面猛打上去。

此时隘口上的日军虽然还在顽抗，但已非常疲劳，独立团不怕死的勇猛冲杀令敌惊骇，又得知平型关日军完蛋，抵抗决心开始动摇。当屁股后面我军独立团枪声一响，日军便开始乱窜。刹那间，四面山头响起冲锋号，战士们呐喊着犹如大海怒涛般扑向敌人……

这一仗，独立团圆满完成了阻击日援军的任务，击毙日军 300 多人。

孔瑞云带领连队清扫战场，只见大路上、山坡上、灌丛中倒毙着横七竖八的日军尸体，散落着被打坏的机枪、折断的步枪、击穿的钢盔……

腰站战斗胜利，平型关战斗胜利，粉碎了日军“不可战胜”的神话。孔瑞云在战斗中指挥得力，冲锋在先，政治动员切实有效，战后，荣升二营教导员。

辽沈战役立功劳

1948 年 3 月，24 师副师长孔瑞云，调任 8 纵队后勤部政治委员。半年之后的 9 月 12 日，8 纵队奉命从八面城出发，南下出击北宁线，拉开辽沈战役的序幕。

作为后勤保障领导的孔瑞云，之前的半年紧张筹备工作算是告一段落。在这半年里，他使出浑身解数，筹备好弹药、粮草等作战所需物资，安置好野战医院，组织好运输队、担架队，等待开战。

充足的后勤保障，让八纵队数万人马日行百里，过三江口，西渡辽河，穿越金宝屯以南茫茫沙漠地带，经康平、彰武、新立屯……于9月21日凌晨顺利进抵北宁线中段的北镇。我军即刻实施包围，一举歼灭葛王牌、大薛屯守敌，截断锦州与义县之间交通要道，联合九纵队全面扫清锦州背面之外围阵地，随后马不停蹄逼近锦州城，连环攻克城东屏障大、小紫金山，攻占北大营、八家子、被服厂、东大梁等，铲除总攻障碍。

10月14日，东北野战军对锦州发起总攻，八纵队把助攻任务当主攻来完成，排山倒海突破瓦西社，冲至前方与国民党军展开31小时殊死鏖战。锦州战役东北野战军全歼锦州守敌12万人，战斗空前惨烈。

孔瑞云率领八纵队后勤部紧跟部队，仗打到哪里，后勤大军就跟到哪里。担架队、救护队、医疗队、支前民工队，汽车、马车、牛车、骆驼、驴驮子昼夜不停地奔忙在通往前线的道路上，源源不断地将粮草、弹药、燃料、被服、救护药品等送上去，再运回伤员到后方医院。

锦州战役结束，八纵队克服激战疲劳，受命挥师东进，当晚赶到沟帮子，准备截击国民党军之精锐廖耀湘兵团。随战亟须500副担架，一时抽调不及，孔瑞云马上联系沟帮子区政府，连夜动员，至黎明筹足担架，还有军鞋、肥猪、大米、白面、鸡鸭、花生、蔬菜 、粉条、柴火以及修筑工事的材料等，一起整装随上战场。

后方人民群众的支持，激励八纵队和兄弟部队与廖耀湘精锐兵团展开殊死血战，击退敌人一次又一次的疯狂进攻，堵死敌人主力南撤营口的去路，封闭敌人逃往老达房、沈阳之路，为大部队全歼敌兵团创造了战机。

神秘的红军译电员

刘彬是福建上杭蓝家渡石门人，原名叫王家树，读过两年私塾，17 岁加入赤卫队。参加攻克上杭战斗后，编入红十二军二纵队五支队，转战文家市、长沙、吉安沙场，在炮火硝烟里锤炼成长。

文家市战斗胜利，是红一军团成立后的首次大捷！对支援红三军打破敌人“围剿”，巩固扩大湘鄂赣苏区，具有一定的影响力，也为红一、红三军团胜利会师组建红一方面军创造了有利条件。

文家市、长沙、吉安战斗后，刘彬光荣加入中国共产党，经过层层严格审核，被选调进红四军军部，成为一名神秘的红军译电员。

红一军团在第二次反“围剿”战斗中，缴获敌人 3 部电台，随即建立机要科，仅有两年私塾文化的刘彬幸运被选为译电员。刘彬的文化水平当然满足不了重要、科学而复杂的机要工作，可是他能学，一边战斗，一边刻苦学习，边学边实践，技术迅速提高。1949 年后，梁必业中将曾这样评价他：“刘彬是一个非常好的同志，文化低难不倒，虚心求教，刻苦学习，我和他是一个被窝里滚出来的。”

红一军团有了机要科，如猛虎添翼，信息灵通，情报准确快速，确保了各个战斗的胜利。刘彬和战友转战于闽山赣水，为漳州战役，第四次、第五次反“围剿”发挥了锐利的“鹰目”作用。

红军长征二万五千里可谓人类史上之旷举，爬雪山过草地，国民党前堵后追、飞机轰炸，征途险恶。

湘江血战，中革军委与红一军团全天候使用无线通信指挥，来往电文雪片般纷飞。刘彬带一把辣椒，昼夜盯守在译电室，收文、翻译、编电文、发电报，打瞌睡了，嚼一口辣椒……那天隆隆炮声如同巨大圈圈电波，传入军团指挥机关。接到敌人来袭指挥所的情报，聂荣臻紧急组织机关人员投入战斗，掩护机要科人员、设备迅速转移，直到打退偷袭敌人。

毛泽东、周恩来、朱德等中央领导人随红一团出征，很多急件、要件都由首长们亲自起草，它关系着红军每一场战斗的胜负和生死攸关的大局面，机要科不能出现丝毫差错和贻误。刘彬业务熟练，责任心强，作风严谨，多次奉命带着电台到执行特别任务的师、团，进行无线电工作，受到领导的肯定和表扬。

懋功会师期间，组织派刘彬和彭绍辉到红四方面军帮助工作。张国焘派人暗中监视他们。刘彬接到红一军团令他速返司令部的电报，一面派人通知彭绍辉，一面带着电台摆脱抓捕。回到军部，彭绍辉却没有回来，他立即报告中央。在中央的严令下，张国焘无可奈何地放回了彭绍辉。

1935年8月，是个喜庆的金秋，红军胜利抵达陕北，刘彬升任红一军团司令部机要科科长。

刘彬继而投入直罗镇战役、西征战役、山城堡战役……

“飞线架网”有绝招

晋察冀边区成立，如何保障区政府的通讯，是个严峻的问题。通讯科科长刘彬的家底只有一个电话班，一个电台分队，一部老式交换机和十几部旧电话单机二十多个人员。但“家贫”架不住人勤奋，刘彬不断发展壮大通讯部队，把排发展成连，把连扩编到电话大队、电台队、通讯队、通讯营。人是创造的原动力，警卫员病了，刘彬亲手给他做病号饭。警卫员李洪鹏后来回忆道：“刘科长不仅是我们的好领导，还是我们的好长辈，工作业务上教我们如何做，生活上关心照顾我们，思想上教育我们，给我们讲长征、讲革命道理，是我们革命的启蒙人。”

通讯业务最讲专业和技术，刘彬经上级领导批准，请来英国教授威廉和林迈可，组织电话员、电报员、无线电技工、司号员培训班 20 多期，培训出数百人的专业力量。

军区的通信器材，一部分是从敌人那里缴获而来的，更多的是靠通讯部队自力更生——发动人民群众收割敌人电线、开办简易电池厂获得。缺少电话机，用旧材料拼装；缺少交换机材料，就用缴获的炮弹壳加工。精密零件奇缺怎么办？深入敌占区，通过地下党同志购买。刘彬一一布置，逐个检查督导，通信设备缺乏问题得到了有效解决。

作战任务规划到哪里，刘彬的电话线就架设到哪里。避开容易暴露的大道，沿着偏僻的沟沟梁梁架设，遇到高耸山峰，就从峰间飞线而过。翻山越岭，风餐露宿，住山洞，卧岩石，一如蜘蛛般拉起一根根生命线。敌人仰头傻看着架在高空的线绳，无可奈何。爬上山峰破坏，没那胆量，小股人马上去，等于送死，大量人马上去，更容易遭到我军消灭。晋察冀军区通讯部队的“飞线”，起初是单路线，后来演变成迂回线路，连接山区各个县份，长达一万多里。助力我军战斗芝麻开花，节节胜利。

《一代英豪·刘彬》里写道：“1939 年，军区所在的晋察冀地区的所有电话线路，都达到了隐蔽、可靠、畅通的战时要求，并开设了十几个电话站，形成了长达万余里的通讯网络，建成了晋察冀军区指挥机关与各军分区相连的通信网络。”

刘彬还有一个令敌头痛万分的绝招——电话站侦察网，一个电话站几个人员，机动灵活。反“扫荡”时，通讯部队为了掌握敌情，直接爬上山头观察敌人动向，手摇电话传送情报，犹如消息树般帮助广大军民及时转移。敌人赶来，常常扑空，疲劳之际，我军回头灭之。

有时近距离侦察，敌人快到跟前时，撤掉电话机隐蔽，敌人一走，再架起电话。令敌熊瞎子挥掌，晕头转向，无处扑打。

聂荣臻在回忆录里说：“边区四通八达的电话线，特别是战时秘密电话线，保证了我们在反‘扫荡’战时及时了解各方面情况，指挥部队同敌人周旋，迅疾打击敌人，发挥了巨大的作用。”

1941 年秋天，日军华北派遣军司令、号称日本军阀“三杰”之一的冈村宁次，率领 5 个师团、6 个混成旅、一部分伪军还有空军发动“百万大战”。敌人空中肆虐，地上“铁壁合围”、“梳篦清剿”、“马蹄形堡垒战”、“鱼鳞式保卫战”……穷凶极恶地“扫荡”我北岳区，妄图消灭晋察冀边区和各分区党政军民领导机关及主力部队。在敌情最为严重、八路军危在旦夕的那个紧要关头，聂荣臻命令侦察科长带一个小分队、一部电台，利用军区假呼号，迷惑敌人、拖住敌人。他指挥部队“三进三出常家渠”，突出重围。随后历时两个月，歼灭日伪军5500余人，彻底粉碎了日军处心积虑的“百万大战”！冈村宁次连连哀叹：“此次‘百万大战’，是狮子扑鼠，效力不大，肃清八路军非短期所能奏效。”

刘彬领导的通讯部队，为粉碎日军“百万大战”阴谋，立下赫赫战功。

王平上将评价：“抗日战争时，军区通讯工作在刘彬同志的领导下，搞得十分出色。在反‘扫荡’斗争中，军区通讯联络从未中断过，只要有问题，叫刘彬去，立即就能解决。我们反‘扫荡’通讯保障得好，刘彬同志立了大功。”

游击大王

首战告捷

1934 年 10 月，中央红军第五次反“围剿”失败，北上进行战略大转移。福建省军区通知红 24 师独立营营长刘永生带领留防部队，在龙岩、上杭、永定地区开展游击战，扯住敌人尾巴，掩护红军顺利长征。

刘永生遵照上级指示，率队到达永定东南部的金丰大山高地村。巍巍金丰大山，方圆数百平方公里，崇山峻岭，绿涛滚滚，蕴涵着 50 多个大小村庄。这 50 多个村庄犹如碧海里的一颗颗珍珠，素有“闽西小井冈”之美誉。刘永生在这里整编队伍，正式成立永东游击队司令部，下辖两个大队，自己担任司令员兼第一大队大队长。

一个月后的 1935 年 2 月，闽粤边陲下洋镇正逢圩日，刘永生带领 20 多名战士，化装成老百姓，下山去“赶圩”。但这消息不慎走漏，下洋镇保安团立即倾巢出门躲藏，呼叫援兵，企图里应外合吃掉游击队。

刘永生将计就计，力挽乾坤，传令战士露出武器，撤离下洋。保安团果然上当，放心返回团部。谁知刘永生虚晃一枪，回马奔袭保安团，大获全胜。

“奇袭下洋保安团”——永东游击队首战告捷！刘永生一发不可收拾，率领游击队配合红8团、红9团，于金丰一带四面出击，歼灭、打散反动民团，连颇具恶势力的洪坑林蔚民、陈东坑卢坤喜的民团也被一网打尽。游击队配合红9团和明光独立营，将活动范围扩展至永定、平和、大埔边界的芦溪、板寮、梅林、长校、狗钵塘等地，摧毁国民党诸多要害据点，从而开辟和建立了以金丰大山为中心的永东游击根据地，队伍发展壮大到250人。

危急时刻

1935年3月，国民党36师、83师纠集闽赣两省保安团，向中共福建省委、省苏、省军区驻地长汀四都发起进攻。万永诚率留守红军凭借山地死守，浴血奋战，伤亡惨重，被迫突围转移，4月10日，又陷长汀腊口分水洼重围，全军覆没。

3月底，虎口脱险的邓子恢，会同从赣南突围出来的中华苏维埃共和国临时中央政府执行委员陈潭秋、谭震林，在红24师一个营的护送下，到达永定大阜，与张鼎丞、刘永生会合，计划在此地召开闽西南各地党政军领导人联合会议。

大阜村距离永定县城20公里，左右高山护卫，一条溪流穿村而过。这里是金砂暴动根据地，是张鼎丞、邓子恢最早创建的革命苏区。护送部队一路夜行晓伏，疲惫至极，以为终于回到家，可以睡个安稳觉，殊不知国民党军和反动民团伪装成商人、挑夫实施“跟踪追剿”，尾随而来。是夜，敌人凶相毕露，突然袭击。战士们从睡梦中跳起，匆忙应战。带队营长意识到严重失职，又见敌人人多势众，火力很猛，吓得临阵逃跑。战士们慌慌张张地向村后山头撤去。在这千钧一发之际，刘永生挺身而出，向着红军战士连声大喊："同志们！不能撤退，顶住敌人。"就在这时，刚分配来的红 8 团机枪连也跑过来了，但机枪手们不认识刘永生，继续跟着撤退。"我是永东游击队司令刘永生，现在情况紧急，你们都听我指挥！"刘永生手握驳壳枪追上去，抢先夺过一挺重机枪，转身扫向敌人。"哒哒哒！"一串串愤怒的子弹射向敌群！机枪手们回过神来，一齐向敌人射击。刘永胜指挥所有力量奋力反击，终于击退敌人，再步步紧追，将敌人赶出了大阜村，保证了领导们的安全。

战斗结束，张鼎丞集合部队讲话："这次战斗，如果不是刘永生同志挺身而出，沉着应战，我们大家也许当俘虏啦！大家要向刘永生同志好好学习！"

这一仗倍显战术

张鼎丞行踪已经暴露，闽西南地区党、政、军领导干部联合会议转移到赤寨村的一个瓦窑里举行。陈潭秋受伤仍然坚持主持会议。会议决定，刘永生继续率领永东游击队 250 余人在永定县一带配合红 8、红 9 团进行反"清剿"斗争。

刘永生带着部队，打了为期三年的艰苦卓绝的游击战。伏击敌"五乡民团"，击毙团总等 50 人，游击队无一人伤亡，令敌惊呼："不可小看地方游击队。"

游击队还突袭了大溪民团，一举攻克敌区公所，全歼民团，还在大溪召开群众大会，成立苏维埃政府。

那年5月，刘永生奉命率队返回赤寨，行至凉伞岽遭遇敌人“清剿”队。永定仙师乡与上杭稔田乡，以一座酷似凉伞的大山为分界，人们把陡峭的山尖称为“伞顶尖”。刘永生带着队伍爬了一整夜山，黎明时分登至岽顶下。他命令浑身湿透的战士们就地稍作休息。一眯眼功夫，哨兵跑来报告：“敌人来了！”刘永生睁开眼睛，只见2公里远处，黑乎乎一条线，走来数百号敌人，以服装分辨，民团打头阵。敌人也发现了山顶的游击队，“砰砰砰”放起乱枪。

刘永生命令队员沉住气，做好战斗准备，敌人越来越近，听得见胡乱叫嚣：“缴枪不杀。”刘永生从来不打无准备之仗，可此时与敌短兵相接，唯一办法就是：以一抵十，狭路相逢勇者胜，勇者相逢智者胜。他狠声回应敌人：“缴枪可以，不过你们不能一个个过来，要来就统统来，枪才可以交给你们。”

敌人有恃无恐，仗着一个营的兵力，叫嚷着壮胆继续往上冲。近点儿，再近点儿，进入射程，“叭叭叭”，刘永胜抬手射出一梭子弹。短枪班一起开火，领头的民团立即栽倒十几个，后面国民党军霎时慌乱。刘永生找准时机果断大喊：“第一营抢登山岽，第二营冲锋，杀啊！”长期跟随他的战士们心领神会，跳出隐蔽地，一个个脱箭飞羽般杀向敌群。敌人不明真相，吓得掉头逃窜，却又被后面压阵军官逼回来，发起反冲锋。

刘永生命令已占领高地的机枪班：“给我开火！”“突突突”，一条条愤怒火舌射向敌群。敌人溃不成军，落荒而逃。“追啊！绝不放过敌人！”刘永生率先追去。强将手下无弱兵，战士们一个个犹如猎豹出击，追出敌人十几里，再撤回半路埋伏，等待敌人反扑，直等到下午4点多太阳快要落山，敌人愣是没敢再来。

刘永生这才宣布“收摊”。

回头整理战场，敌尸横陈山野100多具。游击队土枪、大刀全部换上“汉阳造”，还有一挺崭新的机关枪。游击队仅几名战士负伤，其余完好。

这一仗，打得突然，打得痛快，打得彻底，备显游击队的胆略与高超战术。

虎口拔牙

主力红军北去长征，闽西南革命老区陷入白色恐怖之中。敌人八个正规师的铁蹄践踏而来，地方反动民团、壮丁也纠结而上，对我红军游击队实行残忍“清剿”——“跟踪追缴”、“围剿”、“堵剿”、“搜剿”、“瓦解政策”、“移民并村”、“计口购粮”、“保甲制度”、“连坐法”等。连坐是一家通“匪”，十家连坐，一家窝“匪”，十家同祸，杀害干部群众一万多人。血腥笼罩大地，浸红了漫山遍野的杜鹃花。

黑云压城城欲摧，甲光向日金鳞开。1937年1月，闽西南军政委员会主席张鼎丞发出反击令：刘永生率领一支精锐小部队，到上杭、永定边界与当地党组织和红军游击队取得联系，在永定县城附近，来个虎口拔牙，打掉粤军的嚣张气焰，为老百姓撑腰。

春节将至，刘永生挑选了一百多名骨干，从南靖、永定边的冷水坑出发，疾行三夜，于正月初二抵达杭永边的古子岽。中共永定县委书记马永昌，汇报了芹菜洋守敌多半圩天进城的情况。马永昌分析，初四就是圩天，守敌肯定进城购物，到营部拜年。

刘永生听罢，马上派出侦察员详细侦察，掌握敌情。初四圩天，他初三就出发，带领几个队员，化装成农民，潜伏到西溪乡富家地一带侦察地形，选定黄汪桥作为伏击地点。

黄汪桥距芹菜洋敌人连部大约五公里，离县城七八公里，居于两地之间。桥宽 1 米，长 15 米，一条溪流奔腾桥下，两旁山峰高耸。此地伏击，宛若瓮中捉鳖。

刘永生返回，集合部队，宣布作战方案，做战前动员。

第一，组织四个游击小组，每组五人，配赤卫队五人，分别潜入罗坑、萧地、芹菜洋、古木督等炮楼附近监视敌情，于指定时间同时割断敌人电话线。听到黄汪桥枪声，同时鸣枪，迷惑敌人，牵制、掩护伏击部队撤退。

第二，组织两个班，隐蔽于黄汪桥两侧山头，负责监视、发出伏击信号，阻击可能前来增援的敌人。

第三，其余部队，配备轻机枪一挺、驳壳枪六十支，埋伏于桥两侧山坡灌丛，准备伏击敌人。

刘永生布置完任务，反复讲述各战斗点的地形，强调作战纪律，透彻分析敌我情况，让每个战士都能做到知己知彼，心中有数。主动意识、自我信心、胜敌心念是战斗的制胜法宝。

一切准备就绪，夕阳慢慢落下西边山头，余晖映向灰蓝天空，沾染出一大片淡粉淡紫的美丽霞彩。彩霞迅速淡去，天幕闭合，夜晚降临，各队分头行动，悄然进入指定位置。大地为床，星汉为帐，一支支英雄队伍蓄势待发。

翌日上午（初四圩天）七八点钟，山头发出信号，目标出现。一支国民党军匆匆经过黄汪桥，向县城方向走去。刘永生亲点人数，整整 41 人，一个加强排。游击队欲擒故纵，放敌去赶圩。等敌人下午返回，精神疲劳，采购完成，人货俱收。

午后一点多钟时，前面山头传来三声清脆的“鸟叫”声，一条白毛巾挥舞了三下，敌人正在进入伏击点。一支队伍慢吞吞行进，三个尖头兵扛枪走在前面，往后30多米是敌排长，中间夹着五个挑着满筐货物的挑夫。好！敌人全部进入伏击圈。“打!”刘永生下令，伏击部队居高临下，一发发复仇子弹，一束束悲愤烈焰，以迅雷不及掩耳之势射向敌人。仅十分钟，战斗结束，打死打伤敌排长以下28名，俘敌12名，漏网1名。游击队员无一伤亡。

那些布了点的炮楼，必然听到了枪声，但因通讯受阻，也就不了了之。

傍晚时分，刘永生带队在马石山下刚吃过晚饭，就接到群众报告：“敌人追上来了!”正是那个漏网之鱼回去报信让敌人追了过来，刘永生微微一笑，招呼部队起身。

等敌人“追剿”至赤寨、西溪时，刘永生已经在广东松源成功袭击了洪峙炮楼。他引诱追敌赶至险峻的王寿山下，正当敌军望山发愁、四下搜寻目标时，他却掉头返回了赤寨村的山林里。

刘永生的游击战术已是炉火纯青，奇袭、设伏、搏斗、引诱……不怕敌众我寡，不怕敌强我弱，他能将不利因素转化为有利条件，奇招迭出，仗仗获胜，人员不减。俘虏改过加入，年轻人闻讯参军。队伍日渐壮大，武器装备敌人陆续送来。

彼时国民党《闽南日报》不得不哀叹：“地方秩序，鼎形紊乱，‘匪类’此伏彼起，地方支离破碎，有加无已。”

刘司令当“长工”

寇氛日炽，中国共产党以民族存亡为大义，不计前嫌，主动联蒋抗日，执行国共两党协议，将闽粤赣边区红军游击队改编为新四军2支队，北上抗日，只留4团6连保卫闽粤赣省委机关。

刘永生从司令变成了6连连长。国民党出尔反尔，命令刘永生开赴皖南抗日前线。为顾大局，刘永生带队走了十天，抵达浙江江山时，突然接到新四军军部命令，要他立即折返新四军南昌办事处接受新任务——潜回闽西南继续坚持斗争。

回到闽西，刘永生秘密负责特委机关保卫工作，但此时的他，已是“光杆司令”，无一兵一卒。

“没条件，就创造条件，一定要把工作做好。”淡定、纯朴、务实、阳光是刘永生的特性。

国民党顽固派“真反共、假抗日”的嘴脸日渐暴露。闽西南的形势更加严峻，斗争日趋尖锐。

1940年元旦一过，国民党顽固派由过去的暗地侵扰，发展到公开派遣特务、军警向革命基点村进攻。为了安全，闽西南最后一期党训班，开设在永定芹菜洋的深山老林中。

刘永生负责这期培训班的后勤和保卫工作。

开学前，他亲自带人到山里砍毛竹，搭起几座大竹寮给学员们做教室和宿舍。开学后，他砍柴、舂米、买菜、做饭，每天忙得不亦乐乎，学员们都以为他是党校的伙夫，后来才知道他就是大名鼎鼎的刘司令。

刘永生这个“游击战神”也能做“伙夫”!

5月21日至22日，永定县国民党顽固派阴险策划、指使大阜乡联保主任，诱捕并杀害了马永昌，制造了震惊闽西的“马永昌事件”。他们还设埋伏杀害丰稔中心区委组织部长吴国桢和两名共产党员，以及中金支部书记、副书记等共产党人，又陆续抓捕、枪杀、活埋共产党员、党员家属及革命群众近千人，史称“闽西事变”。

“腥风血雨满松林。”永定县委决定由军事部部长刘永生带领武装人员惩办凶手，打击国民党顽固派的嚣张气焰。

革命同志、父老乡亲惨遭戮害，刘永生悲愤不已，写信给战友蓝汉华说：“国民党明里一套，暗里一套，我们对凶手非严惩不可，给死难烈士报仇!”蓝汉华接信来到刘永生处，两人研究部署行动方案，集中一个步兵连和一个短枪班，由刘永生指挥，执行惩办凶手郑良坤的任务。

当步兵连、短枪班悄悄接近郑良坤家时，一个战士爬越草坡，不慎摔倒，“扑通”一声，惊动了正在门外洗脸的郑良坤。他拔腿进屋从后门逃走，钻进附近的碉堡进行顽抗。危急时刻，步兵连带队却指挥后退。刘永生发觉了，拔枪命令：“如果你敢将部队撤离，我就枪毙你!”步兵连停止撤退，掩护短枪班撤出战斗。

刘永生带队撤到村口，停了下来，就地埋伏，等待追兵前来。不久，壮丁队果然追来，刘永生只打两枪就后撤而去。敌人上当了，猛冲过来，进入伏击圈。这等于扎住口袋打狗。刘永生瞄准马占林、郑恩庆，“叭叭”两枪，把这两个杀害马永昌的凶手，就地击毙。

郑良坤漏网，继续追踪……

曙光铺向山岭

刚过完 1942 年春节，刘永生就和妻子黄月英一起悄悄出门，按照上级指示到广东一个叫大埔角的地方做“长工”，挑起保卫南委机关安全的重任。

刘永生夫妇都是农民出身，而今肩负新任务，回归到原身份。他们在南委机关秘密驻地——大埔角墩背村的一个山坡上安下家来。低矮小土房，一块旧床板，一副破桌椅，屋角堆放着开荒的农具。刘永生每天天不亮就起床掏牛粪、打扫牛棚，早饭后牵着老黄牛上山垦荒。他起早摸黑，勤快干活，也顾不上照顾体弱多病的妻子。组织上这次安排黄月英一起来执行任务，一是利用身份掩护，二是让她借机疗养一下身体。可黄月英哪能休息下来？她经常到秘密机关为男同志洗洗浆浆，在山坡上喂猪喂鸡，改善同志们生活。

刘永生到机关汇报开荒工作，伸出双手，布满血泡。这可是一双持枪杀敌的手啊！同志们劝他，开荒只是掩护工作，没必要这么干。他带着招牌式的天真笑容，回去依然加紧荷锄拓荒。他想着，能多干就多干，多为组织做贡献，总有一天，我们的理想会实现。

五月间，农活正忙，南委机关出了史称的“南委事件”。南委领导人之一郭潜被捕叛变。敌人迅速包围了机关，一位工人被捕。刘永生夫妇紧急护送机关秘书处人员撤离墩背村，送上前往饶平方向的崎岖山道。

当他护送完最后一批转移人员脱离险境，登上一座高山之巅时，战友们紧紧握住他的手，劝他就此留步。大家流着眼泪感谢他夫妇二人为了南委安全，日夜操劳。在转移途中，黄月英腿伤发作，主动要求留下，叫同志们先走。刘永生就近敲开路旁一户人家门，将妻子留在了那里。

“南委事件”发生后，中央南方局书记周恩来发出指示：“继续坚决贯彻‘长期埋伏，隐蔽精干，积蓄力量，等待时机’的方针要求”。没有暴露身份的干部们积极响应，利用教书、做工、做小商小贩等职业作掩护，执行勤业、勤学、勤交友“三勤”任务。革命进入了抗战时期最困难最艰苦的岁月。

组织安排刘永生夫妇撤回闽西特委机关驻地——永定，继续以开荒种田作掩护。环境这样恶劣，特委机关就设在永定的一座王生棋山上。刘永生负责保卫工作，自然也就落脚此山，但他得隐蔽潜伏起来。

刘永生和战友范元辉上了山，发现山上同志缺衣少食，生活异常艰苦。他脑子一动，就知道自己要干什么了。山上可以烧炭，烧炭可以卖钱，有了钱就能解决同志们最基本的生活所需。他挖炭窑、砍木柴，生火开工，大家也跟着他一块干起来。刘永生天生乐观，脸上总是带着温厚的笑容，这对处境艰难的同志们起着鼓舞作用。他干活虎虎生风，说话幽默风趣：“我老刘什么也不懂，就会烧炭，我本来就是个烧炭工，这是老本行了。”

刘永生教，大家跟着学。范元辉敬佩地说：“我打仗是跟着刘永生学的，烧炭也是向他学的。”第一担炭烧出来了，他们兴冲冲地挑到溪边，等船来运。可船还没来，却等来一群持枪敌人，凶神恶煞地抢走了炭担子。刘永生这些手无寸铁的“烧炭工”，只能眼巴巴地看着辛苦劳动的成果被掳掠。敌人把抢去的稻谷、蔬菜、家禽畜、竹木器、木炭、硝碱、土纸等农副产品摆起来展览，扬言共产党已被他们消灭干净。

回到山里，刘永生召集大家商量对策，为了活下去，为了抗日，必须重操枪杆子，他们将意见上报上级。

闽西南党组织正在研究对敌策略，敌人残酷无情，地下党必须实施新的战略。为了开展武装自卫，解决经济问题，闽粤边委决定成立一支具有武装力量的闽西南经济工作总队（简称经工队），由刘永生担任总队长。

队伍成立，刘永生率领仅有 14 人的经工队，外出到南靖、平和、大埔地区打击反动势力，帮助当地恢复游击队根据地。

经工队的首战——元宵节奇袭获大捷，给了国民党顽固派和地方恶霸一个警告！

平和县走马塘大地主张番珠，养了一支 30 多人的武装队，平日里欺压百姓，鱼肉乡邻，处处与人民为敌，反革命气焰十分嚣张。正月十五晚上，张番珠请了戏班子闹元宵。刘永生得到情报后将经工队分成几个小组，分别化装混入戏场。

戏正唱得热闹时，刘永生的枪抵在了张番珠的腋下。一个保镖上前阻拦，被我队员一枪击毙。戏场顿时大乱，经工队迅速撤回山上。战斗前后仅用 20 分钟，活捉张番珠，收缴一批枪支弹药和生活物资。

“共产党没有灭亡，刘永生出现了！”——消息不胫而走，国民党顽固派和地方反动势力，顿时大惊失色，恐慌不安起来。

但是，白色恐怖笼罩，经工队一次次身临险境，刘永生一次次力挽狂澜，扭转乾坤，真可谓邪不压正，大道无边。

翌年三月，春回大地，五彩缤纷的山花，点缀了一面面蓊郁山坡，子规声声，溪水潺潺……刘永生率队撤离平和山区，向南靖、平和、大埔交界处进发。当晚，经工队从平和大水坑出发，登上古树坪时，突然发现前面10米外的山坡上，有人影晃动。刘永生止步，低声下令："就地隐蔽，准备作战！"他躬身钻入灌丛，仔细观察，判断对方是国民党军队，便传令后撤。继而大声喊道："口令！"对方骤然炸窝，胡乱喊叫："站住！抓起来！你们跑不了啦！"子弹也随即乱射过来。此时，刘永生身边只有几个人，前卫已下岭，后卫还没到。但他胆略过人，声如洪钟："敌人来了！部队散开，把它包围起来！"回枪射击，命令队员往高坑方向撤退。兵不厌诈，敌人听闻，以为身陷包围，转身就跑。

旭日升起时，经工队全部赶到了高高的古树坪，橘色曙光，铺向蜿蜒起伏的山山岭岭。

事实证明，有了刘永生的得力指挥，经工队出击处处精准，弹无虚发，闽南党组织也因此转危为安。

再崛起

1944年，世界掀起的反法西斯战争进入决战时期，日本侵略军在中国战场上，发动了打通大陆交通线之战。国民党军前线消极抗日、步步败退，后方变本加厉，妄图将共产党人赶尽杀绝。

闽粤边委决定扩建经工队，成立一支更加精悍的武装队伍，以在战斗中英勇牺牲的中共南方工作委员会委员兼闽西特委书记王涛的名字命名。刘永生任支队长，49名指战员全部是共产党员。

刘永生率领“王涛支队”奋勇作战，消灭永定汤湖反动民团，袭击合溪反动自卫队，惩办白土民团，大战九峰崇，攻克连城炮楼……所向披靡，捷报频传。

其中“山狗凹之战”堪称经典，影响巨大，意义深远。

那是1944年冬天，龙岩何家陂保长纠集“三青团”，杀害两名地下党员，迫害接头户和革命群众。

一天深夜，刘永生带领几名战士，到何家陂侦察地形。何家陂炮楼四周开阔，不利强攻，却有一处厕所，可以用来隐蔽。炮楼天黑关门，天亮开门。刘永生决定抓住天亮开门时机，打他个措手不及。他估计，何家陂打响后附近小池的敌人很快就会赶来增援。那就要提前做好准备，占据制高点，再打敌援军。

战术制定后，集合部队，刘永生依惯例宣布作战方案，严明作战纪律，进行战前动员：“同志们！准备执行战斗任务，这次战斗……只要我们隐蔽好，事先不被敌人觉察，纵使它里面有一百个关云长也抵挡不住。”他反复进行战前动员、解释说明、强调纪律，使全队上下都十分明白这次战斗的目的、措施和注意事项。

12月26日晚，全队悄悄开拔，至何家陂附近山坡。旷野黝黯深邃，寒气袭人，夜莺鸣唱，夜行兽在自由活动。战士们悄无声息地蛰伏于林下灌丛。下半夜，接到支队长传令：“突击组前进，隐蔽到厕所；掩护组、警戒组原地待命。”天光放亮，晨曦里刺耳地“吱呀”一声，突击组跃出厕所扑向炮楼门，把敌人堵在了楼上。队员们按步骤发起政治攻势，瓦解敌人。很快，十多个敌人一溜举枪下来投降。两名企图顽抗者被就地处决。前后10分钟就结束战斗，队员们仅仅打出两发子弹，缴获了一批武器，放火焚毁敌窝——炮楼。

全队继而执行第二个计划，迅速登上山狗凹制高点。不出刘永生所料，增援敌人一个中队一百多号人，乌压压朝他们开来。他命令三个组保持弯月阵容摆开，单兵各自找好隐蔽物，逼近制敌，短枪班居中。眼看敌尖兵步步逼近，突然，刘永生大喝一声："打!"早已掀开盖子的手榴弹，呼呼飞向敌群。爆炸声此起彼伏，浓烟火舌裹挟着鬼哭狼嚎声，腾空而起！短枪班战士冲进敌阵，拼命扫射。残敌抱头逃窜，战斗大获全胜！

刘永生带兵有方，神机妙算，骁勇善战，令"王涛支队"士气高涨，勇猛如虎，所向无敌。

5分钟战斗

王涛支队犹如一柄利剑，搅动在敌人五脏六腑里，令国民党当局和国民党闽、粤、赣三省边区联防指挥部分外震惊，连忙下令各乡镇组织侦察组，增加步哨，追踪王涛支队，进行特别专项"会剿"。

刘永生获悉情况，趁着敌人调兵遣将部署未定之际，打了一个更响的硬仗，成为闽西特委迫使闽西国民党军政当局停止反共、团结抗战的筹码。

此战，刘永生将军记忆深刻。多年以后，他在《闽粤赣边区人民的武装斗争》一书中有过详细的记录。

那时敌人将"会剿"刘永生的重点部署在杭永边的丰稔、西溪一带，光是丰稔就进驻了一个省保三团的机枪连，周围的金砂、汤湖、兰家渡等地也都部署了部队。为了粉碎凶狠的"会剿”，刘永生趁敌纷乱布局时率先出击。

农历三月初二，丰稔逢圩，刘永生一行22人化装突袭敌营，只打了5分钟，就将这个团的反攻主力彻底歼灭，击毙守敌连长等官兵10余人，俘虏10余人。其余上街闲逛的散敌听到枪声，纷纷逃窜。战斗缴获敌人全部装备，包括重机枪3挺，步枪20余支，驳壳枪5支，左轮枪5支，手榴弹数十枚，子弹24箱，全新军装150余套等等。参战突击队仅1人被机枪射到墙上弹出的砖块擦伤。

这是一场十分成功的还击战，扬我军威。

这次丰稔战斗意义重大，影响深远，载入史册。

7天后，中共闽西特委发出《丰稔战斗快邮代电》，再次阐明：“犯我者则必击之，反我者则必反之，友我者则必友之，敌我者则必敌之，利于抗战者必拥护之，不利于抗战者必反对之；一切为抗战，一切为民主，一切为和平，一切为民众，这便是我们战斗的根据。”“代电”还表示，只要闽西国民党军政当局停止反共反人民，实行团结抗战，则丰稔战中的所有缴获品将原物归还。

国民党反动派并不领情，继续一意孤行，加大“追剿”王涛支队力度。

刘司令又回来了

敌人顾此失彼，龙岩防务出现空虚。刘永生机智灵活——敌虚我进。时值五月，梅雨连绵，他率队半夜抵达白土，隐蔽在萧坑田螺形山窝里，翌日，被当地反动保长发觉并告密。国民党立即调兵200余人，连夜进发萧坑，企图于天亮前合围田螺形山窝，歼灭王涛支队。

隐蔽在湿冷山窝里的王涛支队，并不知道危险在向他们一步步逼近。

天刚麻麻亮，支队从两里外的砖瓦窑住地撤回，白土镇警备队18人尾随而来。雨雾朦胧，坑口岗哨恰是两名新兵，发出口令，敌人回答“自己人”。敌人还真以为是“自己人”，所以双方没有擦火。正在一处旱地里给全体战士讲话的陈仲平政委警惕度极高。他听到坑口有说话声，就知有情况，立即下令：“全体散开，教导队准备登山！”短枪班在班长带领下，飞速散成钳形，俯伏于两边田埂，密切监视坑口来路。只见白土警备队10余人，鱼贯而入。刘永生一个手势，警戒员喝令：“站住！”走在前面的敌班长忙应：“是自己人，白土来的。”刘永生厉声道：“把枪放下！”带路的叛徒感觉不妙，欲抬起手中冲锋枪，但见10余支黑洞洞枪口早已居高临下指着他，连忙放下武器。其余敌人一个个扔枪在地，乖乖举起双手，被押进一间田寮。

俘虏供出，国民党专属自卫大队和紫岗乡（今红坊）警备队已占领山顶，正向我方四路合围过来。刘支队长命令：“全体登山！”

教导队率先，两个班掩护，扒开灌丛往上快速攀爬。登上一个峰顶，就听到对面山头人声嘈杂。敌人已经占领那个高地。短枪班、步枪班陆续上来，集中待命。弥天大雾将队员们重重包裹，能见度极低。刘支队长隔着一团团厚雾，反复强调，没有他的命令谁也不许开枪。对面山头此时也发现了游击队，隔空传来问话：“是谁？”“白土来的警备队。”“哒哒哒，”狡猾的敌人扣响一阵机关枪。刘支队长不让回击，命令向对方喊话，展开政治攻心。队员们用普通话、龙岩话、客家话轮番宣讲："我们是共产党的部队，我军主张团结抗战，反对打内战。"那边山头安静下来，但不久又打来密集子弹。隔着一道山谷，敌人也是这样耀武扬威。山雾渐渐消散，敌我阵地显露出来，刘永生下令攻击："重机枪掩护，教导队、短枪班冲锋！"队员们愤然跃起，冲向敌阵。那挺丰稔战斗缴获的马克沁重机枪，"突突突"火力威猛，强劲扫射！敌人见状全线溃逃，我军紧咬不放，猛然追击，一直追到南洋坝。部分敌军老鼠般窜进炮楼躲藏起来……

此役，刘永生带领王涛支队全歼白土警备队，击退章汤铭自卫大队和紫岗乡警备队200余人的进攻，毙伤敌数十人，俘虏19人，缴长短枪30余支，冲锋枪1挺。

田螺形山之战，彻底粉碎了反共顽固派企图围歼王涛支队的阴谋。我军反顽自卫战又取得一次辉煌胜利，王涛支队威震八方。一时间，龙岩城里敌党政军乱作一团，惊恐不已。

田螺形山战斗之后，王涛支队部改编为司令部，司令员是刘永生。

刘司令，又回来了！

解放潮汕

1945年6月，刘永生率领支队，以"闽南人民抗日挺进队"的名义，向闽南进发。6月的闽南，青黄不接，人民饥荒。挺进队镇压敌人，打开谷仓，营救百姓。闽西近千人保安团豺狼般尾随而来，企图进攻王涛支队修整地——乌龙坑。敌我力量十比一，一场大战载入刘永生的指挥记录。

这次战斗，刘永生勘察地形时被敌人冷枪击中大腿，幸好只伤及皮肉。

1947 年 6 月，刘永生担任中国人民解放军闽粤赣总队长。

刘永生名震闽粤赣，只要提到这个名字，各路敌人不寒而栗。一次战斗还没开始，刘永生部队向敌喊话："你们是哪个部队的？我们是粤东解放军支队!"敌人一听，一枪没放，溜之大吉。

粤东支队的强大影响使国民党反动派日夜恐慌不安。蒋介石特派行政院院长宋子文接任广东省主席和保安司令。宋子文上来下狠手，设立闽粤赣边"剿匪总司令部"，发誓半年内一定"剿灭"闽粤赣边区人民武装。

这边刘永生紧锣密鼓地把粤东支队所属各队和机关，分别以"迎""接""大""军""南""下"六个代号为名，长驱直入，势如破竹地攻克蕉岭城，给了宋子文当头一棒!

福建上杭、武平地方势力见势不妙，纷纷前来寻求庇护，声明不再与共产党为敌，有的还表示在适当时机起义。粤东人民终于等到了出头日，广大青年争相参加粤东支队。

国民党恼羞成怒，穷凶极恶地调集万余兵力，专门对付粤东支队，扬言必须消灭刘永生。

面对敌人丧心病狂的行为，刘永生理智而冷静。他召开领导班子会议，深入研究后决定：以分散对集中，将主力转移至武平，迫使敌人也分散兵力。此计果然牵出 1000 多敌人，100 多人主力进入我军设好的伏击圈。刘永生在高山阵地上一声令下，两个中队越过山坑冲向敌阵。枪声、喊杀声、军号声响彻山野，敌军哪有抵抗之力？丢盔弃甲，纷乱逃窜。后续敌人有的早已与我军暗通，有的听见枪声大作赶紧中途折回，没有一个援军胆敢前来。

宋子文绞尽脑汁使出的“万兵”杀手，刚露头就遭斩首了。

这时，刘永生收到一封恐吓信。

这封信是紧密配合敌人扫荡的国民党永定县县长赖作梁的亲笔手书。大意是：刘永生你跟了共产党一二十年，还是前途渺茫，不如早日把队伍带下山来，我保证不整编不遣散。你只要回来，要当官，拿个保安团长当当；如果不当官，要过番（出南洋），给旅费。由你选择。如果继续执迷不悟，就别怪我不客气，将你的老婆黄月英就地正法。

刘永生妻子黄月英，也是革命同志，她这是第三次落入敌手，在狱中受尽严刑拷打、威逼利诱，但始终坚贞不屈。

刘永生看罢信，一声冷笑，提笔义正严辞回道：“一、我们共产党前途光明，胜利在望，请你看一看，再过几年，是你们的天下，还是我们的天下。二、希望你莫做坏事，早日放下屠刀，给自己留条后路，不然看看你以后什么下场！三、我刘永生不去过番，哪里需要我们就到哪里，你们是无法阻挡的……”

刘永生掷笔起身，眼前浮现生他养他的母亲、情同手足的两个亲兄弟。母亲是著名的支红模范，三年游击战争的后期遭反动派杀害，连手指也被残忍砍去，两个兄弟也都牺牲在战场上。

他声色凝重，独自伫立在一道高高的山冈上，双眼猎鹰般眺望着前方的千峰万岭。一阵山风吹过，松涛阵阵，如歌如泣，如声声呐喊和怒吼。

国民党“万兵阵”溃败，又使出新毒招——“分区驻剿”。

我中共中央香港分局立即作出回应——成立中国人民解放军闽粤赣边纵队，刘永生担任边纵司令员。

此后，刘永生司令员率领纵队浴血奋战八个月，歼敌3万多人，纵队从4000人迅速壮大到8000余人，根据地扩大到纵横数百公里。

为迎接大军南下胜利解放华南，闽粤赣边纵队迅速转入春季攻势，决定首战湖寮。湖寮镇是国民党广东省主席罗卓英和国民党高级将领吴奇伟的家乡，是粤东最反动的据点之一。

湖寮“显赫”，防务工事也坚之又坚，但对于百战不殆的战神刘永生来说，只是一次难度较高的攻克战。1949年1月10日，他率部采取奇袭、强攻两大步骤，全歼湖寮守敌。松口、大埔、梅县增援之敌也被一一阻击溃退。

拿下湖寮意义非凡，中共中央香港分局《华商报》《群众杂志》均头版头条刊发《人民军队攻克湖寮》的报道。

汕头国民党报纸连续十多天跟踪报道湖寮战事，直至最后战败，泄气不已。

刘永生率队马不停蹄地继续攻克国民党广东省第六行政“清剿”区第二指挥所所在地畲坑，以及长沙、扶大、金盘等地，节节推进，将潮汕大北山与梅州游击区打通，拓展了革命根据地。

1949年4月1日，中共中央华南分局致电边纵领导、全体指战员，表彰春季攻势取得巨大胜利！“……结实地痛击反动阵营一铁拳，对于完成壮大人民力量以迎接华南解放的最后胜利之任务，有很重要的意义。”

春季战果辉煌，火热夏季到来。刘永生率队南下潮汕，步步为营，稳扎稳打，全面控制了潮汕东部靖海西至甲子港一百多公里海岸线。

闽粤赣边区国民党军政人员，一再受到边区解放军连连胜利的沉重打击，南下大军又日渐压境，在共产党的宽大政策召唤下，纷纷起义。1949年5月中旬，梅州、闽西宣布和平解放。

这个时候，刘永生领导的闽粤赣边纵队，已发展到8个主力团1万余人。

毛泽东1949年6月24日致电："五六两月，粤东、闽西胜利极大。"再电："庆祝你们的伟大胜利。"

1949年10月4日，中共中央华南局下达新的任务："边纵负责截击潮汕之敌，解放潮汕。"

刘永生挥师出击，接管丰顺，解放普宁，攻占揭阳、潮阳、潮安，直至潮汕城下。此时潮汕已是名存实亡，刘永生一纸通牒发向守敌，限令其接信半小时内放下武器投降，否则予以重兵歼灭。

不到半小时，城头挂出白旗，潮汕宣告解放。

1949年10月24日，是个欢庆的扬眉吐气的日子，潮汕回到了人民怀抱。那天天气格外晴朗，碧空万里，红旗插满街巷，20万市民欢欣鼓舞涌上街头，夹道欢迎英勇的闽粤赣边纵队指战员。

人们欢呼着、翘首期盼着，"老货"来了！刘永生过来了。"战神、战神，常胜将军，刘司令、刘司令、刘司令……！"欢呼声此起彼伏，汇成海洋，新潮汕沸腾了！

刘永生骑着一匹雪白战马，率上万雄师，浩荡入城。

战火中成长

1929年，上杭中都乡青年刘振球正值二十岁风华正茂年龄。毛泽东、朱德率领中国工农红军第四军“红旗跃过汀江，直下龙岩上杭”。闽西大地亮堂起来，光明和希望鼓舞着千万个有志青年。刘振球毅然报名参军，成为红四军第三纵队司令部的一名通信员，随部队执行攻打上杭作战任务，取得战斗胜利。

第二年，刘振球因作战勇敢，思想积极进步，在毛泽东、朱德领导的红1军团担任排长，光荣加入中国共产党。

第五次反“围剿”，攻取广昌城，英勇壮烈的二万五千里长征，生死考验的一场场淬炼，培训班学习，抗日军政大学学习，一个政治成熟、军事过硬的团总支书记刘振球成长起来了。

1937年7月7日，那个永远让人伤痛的国殇，日本侵略者铁蹄踏过卢沟桥，中国人民抗日的怒火熊熊燃烧！刘振球接令率部奔赴平型关，准备伏击来敌。

24日入夜，隆隆雷声，滂沱大雨，掩护各作战部队进入设伏地域。拂晓时分，日军第五师团部队乘100多辆汽车，附辎重大车200多辆，悍然轧上灵丘至平型关的公路。时针指向7点，敌人进入我115师伏击圈，一声血战屈辱的呐喊声冲破云霄：“打！”伏击全线战火突起！日军狂妄自大，毫无戒备，一时间不知所措，一片混乱，伏击部队乘势发起攻击。

刘振球的第685团担负拦头和侧击任务。那一声撼动山河的

"打"响起的刹那间，685 团对准毒蛇"七寸"狠狠痛击，令敌队形溃散。日军如梦初醒，穷途末路地冲向山头，妄图占领制高点。团长杨得志立即派通信员传令各营："附近的山头一个也不许让鬼子占领!"

1 营把公路上的日军截成了几段，1 营 1 连、3 连奋力冲向身边两个山头。敌人也不顾死活地跟着向上爬。我连队率先登顶转身反冲下去，枪弹、山石一顿猛打，日军连滚带爬，死的死伤的伤，溃退而逃。刘振球带领 2 营与敌展开最激烈的白刃拼刺，战士们家仇国恨涌上胸膛，刀枪呼呼，杀声震天，拼红了眼睛，吼哑了嗓门。刘振球挥舞刺刀，顽强拼杀，泥土血污沾满全身。他已经负伤，疼痛与热血使他的拼刺更加玩命，杀倒敌人，率队占领山头，一次次击退攻上来的侵略者，守住了阵地。

直至中午 1 时，6 小时的浴血奋战，我军以劣势装备战胜了日军精锐板垣师团，将"皇军不可战胜"的神话打了个稀巴烂。

关东打胡子

赶走了日本侵略者后，刘振球前往大东北，担任东满护路军政治部主任，肩负北满解放区 5000 公里铁路的护卫任务。

多年战争，铁路线上满目疮痍，一段段轨道七零八落，上千处桥梁、涵洞坍塌损毁，通信、给水、站舍运转瘫痪。国民党反动派疯狂抢夺大东北，我军将士与敌日夜奋战。5000 公里铁路，就是刘振球部队的 5000 公里阵地。敌人胆敢来争夺来破坏，我护路军寸路也不让其染指，一次次击退敌人的进攻，保障前线部队驰骋疆场。一天，刘振球接到组织命令，调任合江军区第 3 军分区政治部主任。

合江区毗邻苏联，在东北的东北角上，美丽的松花江穿境而过，西南、南边千峰逶迤，原始森林波浪滚滚，东边、北边沼泽连片、草甸旺盛。黑土地的沼泽草甸，蒿草粗壮浓密，高过人头，滋生出的蚊虫异常凶悍。夏天人畜进去，一会儿功夫就剩一副骨架。这似乎骇人听闻，但那时的确如此。沼泽地险恶自不待说，当地土匪，也就是东北人所说的“胡子”还时常隐匿其中，来去自由。

“乱世产土匪”，东北胡子之多为中国之冠，合江胡子之多为东北之冠。解放战争初期，南满胡子数量多达五万。三五千人的团伙在通化、沈阳、安东三角地带猖獗活动，小股子的流窜在各个县镇。这些土匪，有着精良的武器装备，有国民党的收拢委任状，“中央”二字成了一伙伙土匪烧杀抢掠的通行证。

共产党派到各地的工作人员，有的在半路上就被胡子杀害。

严打胡子，是组织交给刘振球的一项首要任务。

打胡子犹如打狐狸，必须讲究方法和策略。胡子是当地人，人际关系错综复杂，处处隐藏着眼线。如果组织大部队围剿，部队还没到，胡子就得到消息，跑得没了踪影。有时终于将胡子围住，一打“呼啦啦”散得七零八落。刘振球运用游击战、麻雀战的办法来抓胡子。

他组织精干小分队带上玉米面大饼、咸菜疙瘩和开水，嗅着风传来的气味，探着胡子留下的脚印和马粪蛋子，捕捉着鸟叫鸟飞的瞬间，步步追踪。胡子比狐狸还狡猾，雪地里一排排横着走，绕着圈在老林子里转。魔高一尺，道高一丈。小分队只管咬住其中一路追——“兔子转山坡，踪迹不离窝”，从秋天追到冬天，深山莽林里，大饼子咸菜疙瘩吃光了，就吃野菜松果，冬天扒开厚雪找蘑菇、木耳，老柞树上还有猴头菇。最可怕的是夜里无处栖身，好不容易撞见一棵空了心的老树，正要往里钻，却窜出一只黑瞎子。当然，土匪的处境也好不了多少，越是艰难时刻，就越是要见曙光的时候，看谁有耐心，谁就赢。这仿佛在登山，临近登顶，拼的不是体力而是尤为珍贵的耐力。

“擒敌先擒王”，那个号称“老山货”、“山中王”的土匪头子谢文东，被逮个正着，就地处决，威慑一路路胡子携械下山投诚。

直至1947年底，关东共歼灭胡子十多万人。东北百姓啧啧称赞：“小鬼子那么凶，也拿胡子没办法，共产党三下五除二就划拉光。”

一回回生死

1931年冬天，17岁的红军战士刘禄长，因为机警灵活而被调到闽西工农通讯社，当了一名武装秘密交通员。交通员是个危险性极高的工作，手中没有重型武器，身旁没有战友协作，单打独斗、隐身穿行在敌占区秘密交通线上。

刘禄长到岗不久，就接到了特殊任务。中共中央领导人周恩来携妻子邓颖超离开上海，经香港辗转汕头、潮州、大埔、永定，到达福建省委驻地长汀，最后莅临中华苏维埃共和国首都——瑞金。这一站站衔接，都是由各站点秘密交通员接力护送。

有一次，刘禄长完成护送任务返回途中穿越敌人封锁线时，被敌人发现。敌人疯狂地追过来。刚满18岁的他，掏出隐藏的手枪，一边向敌人射击，一边隐蔽、躲藏、飞快奔跑。突然，他似乎感觉脚下"咔嚓"一声，一根尖利竹桩刺中了他的脚。他拔出脚，继续跑，洒下一路鲜血，终于摆脱敌人。后来，他伤口化脓，感染了一个多月。

翌年4月，刘禄长调任红12军34师100团团部通信员。龙潭战斗打响，他飞跃在战火硝烟里，一边战斗，一边负责通讯传令。猛然间一颗子弹射中他，热血突突流出身体。他很快昏死过去。战斗结束，部队打扫战场，卫生员发现他还有鼻息，连忙把他从死人堆里拖出来，背到师部卫生所进行抢救。他渐渐苏醒，活了过来。

1935年9月，刘禄长参军4年，第4次负伤。

那是红一方面军出了腊子口，在哈达铺整编，刘禄长已是红一军团1团4连指导员。部队休整后东行，通过甘肃平凉到达镇原县附近，他的连队接受了担任作战尖兵连的任务。第一仗打赢了，但全连只剩下五个班的兵力。第二仗接着再打，五个班硬是打垮了敌人一整个团，掩护红军主力安全东去。

刘禄长连由此登上了红军报纸，可是刘禄长又一次负重伤，一粒罪恶弹头射进了他的大腿。

长征途中，没有条件手术，刘禄长拖着伤腿继续行军打仗。腿发炎、化脓，肿胀得像个小面袋，发烧，烧得迷迷糊糊，被抬上担架，抬到了瓦窑堡老乡家里。老乡见状吓得眼睛瞪得很大。医生说必须开刀取出弹头，可没有消毒设备，也没有麻药。刘禄长抱住被角塞进嘴巴，医生烧红手术刀消毒后，一刀切进他的大腿，污脓喷射到了窑洞顶上。这一刀切了六寸长，没找到弹头，医生用手指摸着找到了。第二刀下去，弹头取了出来。两条伤口敞开在那里，医生没有缝合，继续削下他身上其他部位的皮肤组织，进行植皮，以促进新肉生长、伤口愈合。

这条腿几十年来一直打不了弯，但它支撑刘禄长走完了长征，走到了革命胜利，走进了新中国。

夹金雪山遇“怪兽”

1935年，张力雄21岁，担任红5军团教导大队政委。6月18日，教导大队跟随军团，抵达四川夹金雪山之麓，宿营在一个小小村庄。这个村子有十几户人家，别样的村名——盐开坪。

夹金雪山——盐开坪，多么神奇的地名。这里是雪山地带的起点，是横亘在长征红军面前的一座千年冰峰，白雪皑皑，银光耀眼，神秘迷人。部队住下后，张力雄出门打听情况，找到一位60多岁的老人。老大爷曾给先前部队当过向导，身材瘦小，精神矍铄，看到红军历尽艰险，千万里走来，人困马乏，装备简陋，衣衫单薄。他叹口气，摇摇头说：“你们这个样子，怎么过得了雪山哟？山上很冷，风大路险，空气稀薄，冰雹不时会砸下来。累了坐在地上，可能就起不来了，我看你们不是累死就是被冻死。前面上去的红军，有的就冻死在山上了，骡子、马也在风雪里滚下了山沟。”张力雄听完，拉着老人的手央求道：“大爷，谢谢您告诉我这么多。可是不管有多艰险，我们也必须翻过这座雪山。我们红军为咱穷人打天下，连死都不怕，还能怕这座山？求您一定帮帮我们，帮帮红军。”老人叹了一口长气，沉思片刻说：“你们如果一定要翻山，就记住，早早出发，赶在中午前翻过山顶。过了中午，狂风一来，大雪封山，连路都找不着，你们就下不来了。”

张力雄告别大爷，回到大队，连夜准备。他安排炊事员出去想办法找来豌豆，给大家做一顿丰盛的晚饭，同时集合队伍，传达了解到的情况，进行思想动员和部署。吃过晚饭，他命令队员快速休息，养精蓄锐，第二天清晨登山。

翌日破晓，雪光映得村庄一片扎亮，嘀嘀！嘀嘀！嘹亮的军号声划破晨雾。队员们一个个鲤鱼打挺，翻身起床，打好背包，呼呼喝下一碗辣椒面儿豌豆叶糊糊汤，将土制水壶灌满热水，按照前一天新编的小组，一组组列队集合。

根据个头高矮、身体强弱搭配起来的一个个小组，如同一张张安全保护网。4 名伤病员，由几个身强力壮的队员、文书、医生保护，组成特别收容组。全体队员每两人带一根木棒，拄着登山，也作为队伍联络的标杆。这支如同蜘蛛织网般严密组织起来的队伍，向着冰清玉洁却充满危险的夹金山挺进。

大队长行走在队伍中段，边走边用洪亮的声音鼓励大家："同志们，挡住我们去路的是一座大雪山，要翻过去困难很多。但是再大的困难也挡不住我们北上抗日的决心和前进的步伐！你们说，翻大雪山，怕不怕？""不怕！"队员们异口同声、信心百倍地回答。这坚定的声音，久久回荡在行进的河谷里。

政委张力雄从大渡河开始，就一路打摆子，隔一天打一次，今天又打着摆子。早晨出发前，队医下决心拿出保存了很久的全大队仅有的 3 支奎宁，给他注射了一针，确保他能够翻过夹金山。大队长要求他跟着收容组，既可以加强收容工作，也可以得到照顾。

张力雄和收容组走在队伍的最后面，慢慢地往上爬。灰白的云海如同洪水一般，慢慢将大家淹没，抬头看不见山顶，低头望不见山底。整个人像是被裹挟着，一朵朵一片片一丝丝的白云在身边飘来飘去，似乎伸手可捉，可谁也没有这个心境。越往上，山越陡峭，路越窄，空气越稀薄。队伍里只听得见喘气的声音，许多人嘴唇发紫，脸色青白。伤病员的情况更加不好，冯志高才十七岁，他蹒跚走在张政委前面，头上虚汗淋漓，大口大口喘着粗气，走几步停一下，实在挪不动脚了，转身对着政委说："政委，我不行了，歇歇吧。不然，你们先走。"张力雄看着又瘦又弱的小冯，心里跟针扎似的。他狠心地摇摇头说："不行，我们不能停，停下来，就会死在这里，空气太稀薄了，后面大风雪也马上会来。"跟在张力雄身后的文书小杨，赶上来，扶住小冯说："来，把身上的东西都给我，我搀着你慢慢走，就是不能停，坚持就是胜利！快了，翻过山就好啦，加油！"小冯卸下负荷，拽着小杨的手，咬住嘴唇，迈开了脚步。

中午前，全队胜利登顶！还没来得及高兴，天空突然黑暗下来，一团团乌云如同海浪滚滚而来，一阵狂风飚过，暴雨夹着核桃大的冰雹，噼里啪啦砸将下来。大家连忙用手护住头，身上立刻湿透，刀片似的寒风吹打在身上，张力雄的病更重了。

大队长大喊："赶快下山，刻不容缓！"

山路陡峭崎岖，让人望而生畏。收容组十个同志，你拉我，我牵你，互相搀扶着，走得很慢，与前面的队伍渐渐拉开了距离。下至半山腰时，细绳般的山路上只剩下了收容组，渺小得犹如几只蝼蚁。

突然，右边丛林里传来一阵轰隆隆的巨响！张力雄用尽全身力气大喊一声："全体卧倒！准备战斗！"说时迟那时快，林子里窜出了十多头不知名的大怪兽，身高如水牛，长毛披垂，黑白相间，尾巴不长，像把小扫帚，一对尖角锐利无比。兽群穿过他们前面的小路，有的停下来直直地望着人。不是敌人，但大家还是非常警惕，低声分析，是狮子？野牛？一位北方队员失声叫道："是老虎，老虎！"大家唰地拔出刺刀，"老虎"见状，扬蹄而去。队员们情不自禁地哈哈大笑起来，忘记了自己是伤员病号，忘记了饥饿和疲劳。

入夜 8 点左右，收容组终于抵达宿营地——达维村，在这里看到了与他们狭路相逢的"怪兽"，原来它的名字叫牦牛。

在解放长春的日子里

担任渡河前锋

蒋介石四次“围剿”中央苏区，均遭惨败。但他不肯善罢甘休，于1933年9月，丧心病狂地纠集了十倍于红军的力量，利用所谓的堡垒战术，发动了第五次“围剿”。王明“左”倾教条主义竟然号令“用牙齿去咬敌人的堡垒、御敌于国门之外”。在这样的错误指挥下，红军陷入了被动局面。常打胜仗的将士们，出现了战斗连续失利、伤亡不断增大的局面。大家疑惑，怎会有这样的打法？阵地接连丢失，一批批战友血洒疆场，然而，服从命令是军人的天职。第五次反“围剿”最终失败，中央主力红军被迫进行战略大转移——踏上二万五千里茫茫征途。

邱子明和红1师指战员们肩负全军左路前锋，勇猛冲破敌人四道封锁线，四渡赤水，抢渡金沙江，挺进四川。

红军渡过金沙江，国民党急红了眼，调集重军，严防红军再过大渡河。蒋介石妄言，前有大渡河，后有金沙江，左右国军几十万，共军插翅也难飞。毛泽东运筹帷幄，派总参谋长刘伯承、红一军团政委聂荣臻亲自指挥——必须成功抢渡大渡河。

邱子明所在红1师1团，担任渡河前锋。

红军主力必须赶在敌人到来之前渡过河去，否则就得进入荒凉的大、小金川地区。跌宕湍急的岷江，造就了大渡河支流，就是这条险要的河流，葬送了石达开和太平天国农民的起义梦。蒋介石以为他能将红军变成“石达开第二”。

大渡河危岩悬壁，激流汹涌，惊涛拍岸，敌人在中游南岸的安顺场小镇设有守兵。要渡河，就得先消灭这股敌人，就得找到船只。邱子明先找几个当地老乡，摸清了安顺场住有百来户人家，敌人为了阻击红军渡河，已经抢走、损坏居民所有船只。但是，敌人手里有一只自己使用的船。

获悉情况，师部决定连夜奔赴几十里外的安顺场夺船渡河。倾盆大雨从天而降，掩护红军行动，仅用 20 分钟，占领安顺场，缴获敌人船只。

次日，天还没亮，邱子明就起身来到河边，察看地形，观察水势。一宿大雨，河水更加急险，浊流裹着杂草树枝，奔涌而去。河面大约 300 多米，对岸高山连绵，渡口守敌工事隐约可见，邻渡口一条陡峭石条路几乎垂直上山，可眼下迫在眉睫的是必须再找些渡船。

邱子明转身急匆匆走回镇里，挨家挨户寻过几条街道，终于找到一条破损渡船和一名船工。经过耐心做工作，船工答应把船修好，亲自掌舵送红军过河。

邱子明集合部队，挑选十七人，组成一支义勇队，配置六挺重机枪、数十挺轻机枪、三门迫击炮。上午 9 点钟，准备工作完成，团长一声令下，八名义勇军战士率先登船，破浪而去。对岸守敌马上发现，枪炮飞射而来。我八勇士操起武器奋力还击！邱子明和指战员们心提到了嗓子眼上，眼睛紧盯着小船被浪头抛起砸下，时隐时现。敌人炮弹在水面上连连炸起，小船毅然冲破敌人火力，靠上了岸！大家一阵轻嘘。但见我八勇士犹如八只猎豹，飞跃出船，一排手榴弹，一阵冲锋枪，打向岸边守敌。几分钟后，渡口工事已在我军手中，枪仍在响，弹仍在飞，但一条血路已经杀开。第二船勇士很快登岸，十七名义勇军，重机枪、轻机枪、迫击炮……铺天盖地压向敌群，渡口迅速被我军占领。

渡河局部局势暂时稳定，邱子明带领政治部全体成员，分散到各个街道，找老乡，做宣传做工作，又找出一条船，修好一条坏船。眼看着时间分分秒秒过去，可这几条船还是不能解决部队渡河问题。邱子明立即将情况报告上级，很快接到通知，一师和干部团等部队，继续从安顺场渡过河，沿右岸北上。其余部队直接从安顺场左岸北上，夺取泸定桥。

接到命令的红2师4团，立即开拔，疾驰猛进，三天后夺取泸定桥。桥上木板已被敌人全部抽走，只剩两条铁锁链晃荡于桥上。火力掩护，我先锋队攀上泸定桥锁链，边攀边射击，过桥消灭桥头守敌。后续部队，一如灵猴迁徙，攀沿而过。邱子明随红1师干部团，于大渡河右岸，日夜兼程，斩关夺隘，向前挺进，有力地配合了左翼部队的行动。

红军的千军万马，胜利强渡大渡河，彻底击碎了蒋介石妄图消灭红军的“石达开梦”。

在解放长春的日子里

1948年3月，东北野战军收复吉林、攻克四平，将长春剥成了一座孤城。

长春是东北的中心及交通枢纽，夺取长春尤为重要。国民党花费十万兵力死守长春，打的如意算盘是：既可死死扯住解放军南下的衣襟，减轻沈阳、锦州军事压力，又可在我军南下作战时断我后路。从我军战略来看，解放长春不是孤立的战役，而是东北解放战争的一个大战略，是整个辽沈战役的重头戏。

6 月 15 日，新建独立 7 师政委邱子明赶赴吉林，参加师以上干部重要会议。中共中央和东北局对于解放长春城，作出“三围三困，开展政治攻势和经济斗争，待其粮弹俱困，人心动摇时再攻……”的部署，独立 7 师和其他 14 个师领命围城。

围城 15 个师，各自回去备战一周，于 22 日进入围城指定位置。长春城内国民党新 7 军、60 军及第一兵团直属部队、地方保安部队等约十万之众，成了瓮中之鳖。城外包围线上，我 15 个师展开交流、学习，八仙过海、各显神通地对敌实施政治攻势。刚开始，邱子明带领指战员们，进行阵地喊话。嗓门大的，单一喊；嗓门小的，组成小组喊；一个小组一起喊，两个小组一起喊，使用旗语指挥，几十个小组一起喊。喊了几天，喊出了经验，单凭嘴巴喊，声音小不说，还容易暴露目标。那么就做土喇叭，再做“弯形长话筒”——将竹筒一节节打通，对接起来，做出弯头，一直伸到敌人阵地前沿。善于动脑子的邱子明，看到护城河水哗哗流淌，便想起上杭老家溪中的竹筏，一个思路闪现，制作宣传品，使用木船投向敌人，给国民党守军送去饭菜，感化他们；请守军过来吃饭，交流感情，宣传政策，将食品和宣传品一起让敌人带回去。在这样强大的政治攻势下，国民党守军军心逐渐涣散，单个敌人，一个班，一个连，一个营……从 6 月 25 日至 9 月底，国民党守军投诚官兵多达一万余人。

10 月 15 日，我军攻克北宁线上重镇锦州的消息传来。攻陷锦州，意味着中国人民解放军即将进军华北平原。毛泽东在一份给东北解放军指挥官们的电报中强调，完成整个辽沈战役的关键是“在一个星期内攻占锦州”。

锦州解放前，蒋介石严令长春守敌主将郑洞国率部向沈阳突围，郑洞国有心无力，守军长期饥饿，体力虚弱，士气低落，官兵皆无突围信心。熬到 10 月 16 日，郑洞国硬着头皮召集部属决定，17 日拂晓突围。但当晚 60 军军长曾泽生就宣布起义，突围胎死腹中。郑洞国眼见大势已去，但仍执迷不悟地要为“党国”效忠到底。他拒绝解放军要其停止抵抗的要求，提笔写下诀别蒋介石书，亲自率领特务团，紧紧守住中央银行大楼，然而他的官兵却不愿再为腐败的国民党政权做牺牲。19 日上午，新 7 军军长李鸿率部投诚。两天两夜后，据守银行大楼的特务团，假借突围挟持郑洞国放下武器。

长春城，兵不血刃，获得解放。

翁祥初和他战时的孩子

温暖的木炭

1937年7月，翁祥初抗大毕业，请缨上前线抗日。组织却安排他担任军委警卫营政治教导员。为最高指挥部工作，翁祥初感到神圣而责任重大。

苍莽黄土高原，在黄河中游的陕北拱起一座小城——延安。延安塬上风沙漫天，植物劲瘦，沟壑干裂，土地贫瘠。十几万蒋介石部队，经济封锁陕甘宁边区。在这样的土地上，在这样的封锁下，当地人口一百多万，红军十多万，加上全国进步青年学生奔涌而来，革命摇篮的吃、穿、住、用，简到极简。

陕甘宁边区最高权力机构——中央、军委和大家一样缺吃少穿。冬季来临，寒风凛冽，又干又冷，滴水成冰，但见大雪纷飞，厚能没膝。夜里零下十几摄氏度，寒风透骨割面，岗哨战士冻得牙齿嘚嘚，瑟瑟发抖。翁祥初心如石沉，冥想苦思，怎样才能改善这个境况？突然，遥远家乡的炭炉，闪着红红火光，散发着暖暖热气，闪现在他的脑海里。他感觉冻透的身体暖和了许多。这一夜，翁祥初怀揣新的希望，睡得特别踏实温暖。

翌日清晨，他征得营里其他领导同意，徒步进山，行至二三十里，老山满坡的青杠树进入视野。他驻足久久凝视，似乎看到一棵棵青杠树，跳动着一条条火苗，在向他招手。他紧抿的嘴唇露出了一线雪白的牙齿：对，在老山修炭窑，首长们也能用上火炉了。

营里战士来自五湖四海，竟然也有烧炭能手。当一块块乌黑发亮的木炭，燃烧在一个个哨所里，燃烧在每个首长的窑洞里时，翁祥初觉得整个陕甘宁边区都温暖了。哨位战士告诉他："现在站一班岗，好像时间比以前短多了。"

翁祥初这温暖的木炭，一直烧到中央撤离延安。但警卫团的模范战士张思德——却牺牲在了安塞烧炭窑了。

"……人总是要死的，但死的意义有不同……张思德同志是为人民利益而死的，他的死是比泰山还要重的。"毛泽东在张思德同志的追悼会上，作出《为人民服务》讲话。

"今后我们的队伍里，不管死了谁，不管是炊事员，是战士，只要他是做过一些有益的工作的，我们都要给他送葬，开追悼会……用这样的方法，寄托我们的哀思，使整个人民团结起来。"

战时的孩子

"……如今的南泥湾，与往年不一般……三五九旅是模范，咱们走向前呀！鲜花送模范。"

1939 年 6 月 10 日，毛泽东在延安党的高级干部会议上再次强调："吃饭是第一个问题……用自己动手的方法解决吃、穿、住、用品问题全部或一部分，克服经济困难，以利抗日战争。"

延安大生产运动掀起高潮，来自闽西大山里的翁祥初，不仅是陕甘宁边区医院副院长，还是一名开荒种田的能手。他两年前成婚，大女儿刚出生不久，为了工作之余多开荒、多种田，他与爱人商量后，将胖乎乎的女儿寄养老乡家里，夫妇二人全身心地投入轰轰烈烈的大生产运动中。寒冬过后就是春耕，每天忙完工作，夫妻双双荷锄上山，一锄一锄叩开干硬的高原荒地，在锄头与沙土的恋情里，一块块土地诞生了。高原雨水稀少，土地焦渴，翁祥初选择种土豆。一个土豆，凭着表皮冒出的一窝窝萌芽，可以切成五六块种子。“春播一粒粟，秋收万颗子。”金秋时节，刨开土地，一个个圆滚滚的土豆跳到了绿秧下。丰收了！翁祥初笑着对爱人说，爱人使劲儿点点头，产出的土豆交过任务数，剩下的放了整整半个窑洞。

冬天要来了，他们准备去接女儿回家。两人到了女儿寄养人家，七八个月大的孩子，竟然连坐都坐不稳，瘦得不成样子，老乡家里也困难啊。

女儿回来了，翁祥初参军前学了一手缝纫技术。他找出破旧军装，裁裁剪剪，给孩子做出了一身小衣裳，穿起来精神多了。

“廉娃，不要乱跑！”宛如一首歌谣、一支乐曲、一股春风，吹拂着这对年轻的垦荒夫妻。女儿在田埂上，在土豆地里，蹒跚着采野花、扑飞蝶、捡拾小土块和小石子儿。翁祥初夫妇的生产劳动受到表彰，当上了劳动模范，组织奖励翁祥初一套衣服六元钱，奖励他爱人世清四元钱。这在当时的延安可是一份很高的荣誉。硕果累累的大生产运动，保障了抗日力量，使蒋介石的经济封锁最后失败。

抗战胜利后，翁祥初接到命令，要去很远的东北。

延安到东北，路途一千多公里，不知有多少道国民党封锁线。翁祥初带着夫人、两个女儿、两个警卫员、一匹马、一匹骡子坚定地出发了。马背上驮着两个木箱子，一边装着生活用品，一边装着两个女儿。衣服被褥装进布袋搭在骡子背上，上面还可以骑上一个人。这样的一支弱小队伍，不适合与敌人正面交锋，必须选择迂回路线前进。翁祥初没出发前，就制定好了路线图。

那晚通过同蒲路封锁线时，没有月光，星星很遥远，大地一片漆黑，敌人不时地打枪投手榴弹。担心牲口惊炸，他请两个老乡轮番背着大女儿走，怕遇到险情老乡丢弃女儿，翁祥初紧紧跟着老乡，一步也不敢落下。小女儿由跟了他多年的警卫员背着。夜幕下，坚硬冰冷的铁路流线般去了远方。铁道不远处有一个敌人炮楼，惨白刺眼的探照灯光束唰唰扫来扫去，子弹嗖嗖掠过耳边。借着探照灯划过留下的余光，翁祥初又把两个女儿装回马背上的木箱里。

天亮了，太阳依然升起，橘红色的光芒唤醒了女儿，田野清新，花草芬芳，女儿坐在箱子里唱起了心爱的儿歌："骑白马，跨洋枪，小娃娃自生就吃八路军的粮。"

孩子是国家的未来，为了孩子，为了信仰的革命事业，这支小小的队伍，如一脉流水般不停地向前。

身经百战的陈茂辉

1935年2月24日，因病留守中央苏区的中共中央领导人瞿秋白，同何叔衡、邓子恢等人带着护卫队，穿过敌人一层层封锁区，行至长汀小迳村附近时，遭到国民党福建保安团14团的包围。战斗突围中，何叔衡牺牲，邓子恢突出，瞿秋白被捕。

驻扎长汀的国民党第36师中将师长宋希濂，接到蒋介石南京密电："据可靠情报，'共匪'头目瞿秋白在你部的俘虏群中，务必严密清查。"宋希濂感到事关重大，立即命令师参谋长向贤矩严加查办。向贤矩不敢怠慢，亲自督办，仔细排查一个个俘虏，无果，又电令保安第14团，几天后得到来电报告，说俘虏中有个可疑之人，但名叫林琪祥，是个医生，上海人，却有苏南口音。后来，在叛徒的现场指认下，瞿秋白身份暴露。

闽西南军政委员会获悉情况，马上召集会议，研究营救瞿秋白。张鼎丞通知陈茂辉和"游击大王"刘永生立即赶到芹菜洋（闽西南军政委员会驻地）。三人见面后，张鼎丞担忧地说："今天叫你们来，是得到可靠情报，瞿秋白同志已被敌人抓去，关押在上杭城内。他这样重要的人物，敌人很可能要把他押到南京去。一到南京，必定凶多吉少。我们要尽最大的努力把他搭救出来。"张鼎丞接着分析："敌人押解瞿秋白同志的线路，不外乎旱路、水路两条。走旱路的可能性比较小，他们知道，一出上杭城门，随时都会暴露目标，遭红军游击队袭击救走。走水路的可能性是很大的，他们可以把秋白同志和士兵隐蔽在船篷内，伪装成民船，通过汀江水道，顺流直下汕头，然后用海轮转送至南京。”话毕，三人沉默，都在紧张地思考着，空气似乎凝滞。张鼎丞首先提出营救方案，“你们两人考虑一下，可不可以派一支游击队，扼住汀江一段水路，将瞿秋白同志救出来?”陈茂辉和刘永生对视一眼，认为完全可以。刘永生说：“自南蛇渡以下，汀江江面狭窄，航道险要，对船只盘查和拦截都容易得手。而且这一带地处杭永边界，离我们游击根据地近，群众基础好，便于游击队隐蔽和活动，我想就在这一段水路采取行动为好。”张鼎丞点头同意，随即命令陈茂辉兼任游击营救队政委。

陈茂辉与刘永生从游击队中，精选出一支强悍的营救队，严密警戒汀江南蛇渡至峰市的数十里河面。可是，一个月过去了，两个月过去了，“目标”一直没有出现。陈茂辉和刘永生感觉不对头，立即上报组织，也通过各种渠道打探消息，才知为时已晚，不由扼腕叹息。

原来狡猾的国民党反动派避实就虚，溜过营救队没设警戒的汀江下游，押解瞿秋白同志从上杭逆水去汀江，关进了戒备森严的汀州国民党36师师部大院。而后，瞿秋白在长汀英勇就义。

未能成功救出瞿秋白，成了陈茂辉一生的伤痛和遗憾。

子弹自己造

1942年11月，新四军苏北解放区遭到日伪军三万兵力的疯狂“扫荡”、“清乡”和“蚕食”。

陈茂辉接到组织命令，跟随7师政委曾希圣到皖江地区开展工作。启程到达淮南旧埔镇后，曾政委找陈茂辉谈话："我们要坚持抗战，就要不断加强作战力量，现在组织安排你去完成一项光荣而艰巨的任务，就是在巢县山区，建立一个兵工厂。"

陈茂辉听罢，立正敬礼："请政委放心，坚决服从组织分配，保证完成任务！"他明白随着敌人对根据地的疯狂进攻，部队弹药的需求量日益增加。

秘密兵工厂选址在方圆不到五六十公里的山坳里，但从外表看去只是一间普通的房子。兵工厂刚成立，一缺机器，二缺技术工人。敌人的封锁越来越严，采购员时常遭到抓捕，供货商人有的也被枪杀。陈茂辉从接受任务的那一刻起，就下定了决心，不管条件何等艰难险阻，兵工厂一定要建立起来，因为前线将士在等着武器弹药。

一天深夜，陈茂辉他们抬着一台六尺大车床，抵达嘉山附近，准备寻找时机冲过日寇占领的津浦铁路。他们一点一点移动到了铁路边，"突突突"，一辆日军铁甲车开了过来。陈茂辉命令就地卧倒隐蔽。铁甲车上的敌人，朝着夜幕扫了几下机枪，过去了。一个小时后又来一趟，反复如此，陈茂辉摸到了鬼子巡逻规律，做足充分准备，成功越过铁路，将车床抬回了大山里的兵工厂。

几日后，他接到命令：一周内造出两万发子弹。兵工厂夙夜奋战赶工。一日天快亮时，一个老乡从半里路外赶来报信："不得了啦！鬼子扫荡快过来了！"大家连忙搬出机器、子弹、材料，藏进水塘里，冲出兵工厂进行隐蔽，悄悄环顾，四面山上都是日军。

历经这次险情后，陈茂辉首先训练工人在半小时内能将机器拆开、包装、埋藏完毕。生产时，四处布设岗哨警戒，以防敌人突然袭击，造成损失。兵工厂在如此残酷的环境里，造出了一箱箱铮亮的子弹，这些子弹穿过一个个漆黑的夜，打响在前线战场上。

兵工厂也曾遭到日、伪、顽几次大规模破坏，敌人却找不到机器、弹药和人员。机器和弹药拆走了，埋藏了，人员分散转移了，气得敌人嗷嗷直叫。陈茂辉领导兵工厂一边生产，一边与敌人捉迷藏，从“一间屋子的工厂”发展到三个较为正规的分厂，有力地保障了新四军7师的弹药供给，出色地完成了任务。

日本军官敬献紫云宝刀

1945年8月14日，日本天皇宣布无条件投降，朱德总司令下令各战区人民武装做好对抵抗投降日军的最后一战，收缴武装，接受投降。我军遵守“双十协定”，由苏浙军区二分区参谋长陈茂辉，带领分区各县武装及党、政部门干部近万人紧随主力部队，转身踏上北撤道路。

部队抵达淮安修整，华中军区司令部正式成立，江南北撤武装编入主力，陈茂辉新任军区特务团政委。

抗日战争取得胜利，日本侵略者夹起尾巴，一批批灰溜溜地离开中国。但距离淮安一百多公里的高邮城内的日伪军，依然咆哮狰狞，拒不投降。

高邮古城，连接苏中苏北水陆交通要道，堪称“运河大门的铁锁”，为历代兵家必争之地。这里地形条件十分特殊，东面一片开阔水网，西靠烟波浩渺的高邮湖，北倚横亘土城，南邻敌占区。侵略成性的敌人，依仗坚固城垣，一如井底之蛙般狂妄自大。

国民党签下“双十协定”，却言而无信，一边秘密命令高邮日伪军“共同固守待援”，一面派出第二十五军108师及日伪军4500余人，从仙女庙出动，扑向邵伯镇，企图增援高邮。

日本宣布投降近百天。12月19日，华中野战军司令员张鼎丞、副司令员粟裕亲自部署指挥，发起抗日战争最后一役——夺回高邮城。

陈茂辉特务团配合野战军主力八纵队，攻取高邮侧翼的车逻。日军投降，群情振奋，经过短期休整，特务团士气旺盛，战斗力昂扬。陈茂辉率团直奔战斗目的地车逻，三下五除二，完成战斗，切断了高邮敌人和南线的联系，阻隔了扬州援敌。特务团接而接令：开赴高邮，参加夺城。

城门口的净土塔寺，成了日军的瞭望塔和军事制高点，火力迅猛，居高临下，非常难攻。指战员们浸湿棉被，裹住桌子，做成“土坦克”当掩体，越过开阔地带，逼近净土寺塔，迫使敌人缴械投降。

至此高邮城已处于我军的重重包围之中，日伪军龟缩城内负隅顽抗，城楼上警戒全部换上日军，拼命加固城防工事。22日清晨，粟裕来到城外东北角的村子，亲自视察高邮城外地形，做了详细的作战部署。

粟裕司令员先让出三天时间——对敌实施政治劝降。22号至25号发动总攻前的三日内，我指战员朝着手握枪炮的敌人，话筒喊话、播放日本民歌、用风筝和迫击炮散发宣传单等，漫天宣传单写着我军的宽大政策，纷纷落进城内……

25日夜晚到来，高邮城内顽敌拒不投降。寒风裹挟密密细雨，湿冷了天地，三颗绿色信号弹升向空中，我军分别从城北、城东、城南三个方向，发起总攻！

高邮城垣厚而坚固，为减少官兵伤亡，粟裕司令员布置战士们用麻袋装满土，在东面开阔地筑起“半月形”工事，架上轻重机枪，压制敌人火力，掩护主力攻城。炮火电闪雷鸣，子弹如雨，刀剑碰撞，铿锵声声，火星飞溅。枪炮声、刀剑声、喊杀声、使得整个城池震颤不已。26日凌晨，日军驻高邮最高司令官岩崎大佐率部缴械投降。

又一个三日后，高邮城内，粟裕司令员正在接见全体投降日本官兵。烧杀抢掠、无恶不作、疯狂践踏我国领土多年的日本官兵，一个个低眉垂目，列队站立，口中念念有词！“不胜感激之至！”“不胜荣幸之至！”那个昔日骄横跋扈的杀人狂魔——岩崎大佐，双手高举一把紫光闪闪的指挥刀，来到粟裕司令员面前，再弯腰双肩近膝地深鞠躬道：“谨将这柄远祖代代相传的紫云宝刀，敬献给久已仰慕大名的中国将军。”

对日最后一战，以万千中国人的尊严屹立和山河的完璧归赵，落下帷幕。陈茂辉轻拍征尘，继续率领特务团开赴陇海，清除日军残渣余孽。

战场救敌将

1946年7月，国民党蒋介石置民族大义不顾，公开撕毁停战协定。凭借军队数量和装备优势，扬言“两个月内消灭苏中共军，五个月内在军事上解决整个中共敌人”。

这时，陈茂辉已调至华中野战军1师2旅4团担任政委，他率团奉命北撤，保卫两淮，之后再撤至鲁南。

蒋介石干将陈诚亲率陇海线之敌六十个团，向鲁南地区进犯，迫使我华东野战军与之在临沂一带决一死战。敌人又从晋翼鲁豫调来四个整编师，汇合原山东兵力共25万人，意欲在沂蒙山区和华东野战军角逐。

敌人仗着兵强马壮首先发起进攻，中路“王牌军”整编74师，中央突破，进至孟良崮、北陶墟高地，殊不知正好进入了我华东野战军主力的正对面。

陈毅司令员、粟裕副司令员决定集中主力歼灭敌整编74师。

国民党这个整编74师，师长张良甫，号称黄埔十大名将，手下37000人，队伍精锐，纯美械装备，人称老蒋之“御林军”。

华东野战军全歼敌整编74师的号令，如同怒涛响雷，撼动千峰万壑。在如此强劲的攻势下，整编74师停止了北进，往南退去，缩至孟良崮、芦山地区固守。华东野战军乘势抢占垛庄，断其后路，形成合围。整编74师发觉不妙，拼死突围，均被击退，被压缩在孟良崮、芦山东西三公里、南北两公里的几个山头上，完全暴露在我军的视野内。

陈茂辉升职华野四纵11师政治部主任，率领部队向孟良崮主峰进击！当我军突击队逼近整编74师指挥所山洞时，作战凶狠、生性暴躁、曾经枪杀妻子的张良甫，命令副师长、旅长们“集体成仁，以报效党国和校长”。少将副师长蔡仁杰和58旅少将旅长卢醒，失声痛哭，不肯“自戕”。

这个关头，张灵甫的交好下级陈嘘云少将，走上前去轻声规劝：“师座，留得青山在，不愁没柴烧啊。”张灵甫断然拒绝，陈嘘云见状，借口去组织突围，溜出山洞。一发子弹射来，击中陈嘘云左肩，鲜血直流，他双腿一软瘫倒在地。但见一把明晃晃刺刀戳了过来，我战士一看陈嘘云的将军制服，更是怒火中烧，“哗啦”一声，拉开枪栓就要枪毙他。陈嘘云急忙举起一只手大声呼叫：“救命啊！救命啊！”陈茂辉恰巧就在近处，听到喊声跑了过去。陈嘘云一边哀求：“救命啊，贵军的政策我是了解的，请救救我的命吧！”一边用一只手掏出一张名片，递给陈茂辉。陈茂辉立即命令战士不得违反俘虏政策，指示身后警卫班长小马，把陈嘘云背下山去。小马听令背起陈嘘云，可孟良崮是座花岗岩山，乱石嶙峋，荆棘遍布，根本就没路可走，何况满山遍野正在战斗。小马举步维艰地探视着挪步，背上陈嘘云因失血昏过去。面对这个快死的“仇人”，有的战士提议，先放下他，打仗更要紧；有的主张，扔掉他，随他死活去。陈茂辉走到陈嘘云跟前，伸手摸摸他的额头，试试他的鼻息，确定他还活着。陈嘘云这时醒过来，听到要扔掉他，急忙哭求：“求求你们，救我一命啊！救我一命……”陈茂辉深知党的俘虏政策的重要性，找来一副担架，终于把这个战场对手抬下了孟良崮，送到华东野战军前线指挥部。

转到医院时，恰巧碰上老乡、老领导邓子恢，陈茂辉赶忙敬礼：“报告首长，抓到了一个将军俘虏！”邓子恢接过陈茂辉递上的名片，点头称赞：“你立了一功啊！”又关切地交代：“他流血过多，告诉伙房，打两个鸡蛋给他补补身子。”

战俘陈嘘云1975年获得特赦，1980年荣任南京市政协委员，他来到玄武湖畔，叩开了南京军区政治部兵团职顾问陈茂辉将军的门，两位白发老人，双手紧紧地握在了一起。

火眼金睛　识破伪装

1948年11月，淮海战役打响！

中国人民解放军参战的有华东野战军、中原野战军等部队，计60余万兵力，国民党纠集徐州地区的兵力达80余万人，蒋介石派心腹干将、国民党军队中少有的西方化将领、“闪电战”专家杜聿明，担任徐州“剿总”副司令官。

1948年9月下旬，济南战役获得胜利，我军乘势发起以徐州为中心，东起海州，西至商丘，北起临城（薛城），南至淮海的历时65天、歼敌55万余人的空前决战！

陈茂辉担任华东野战军四纵11师政治部主任、副政委，率领部队进入战斗，先后作战40余次，歼敌7万多人。但最闪亮的功绩莫过于他的一个小战士——刚入伍的卫生队通信员，活捉了大名鼎鼎的杜聿明。

事先，小战士活捉的俘虏坚称自己叫“高文明”，但陈茂辉的火眼金睛，照出高文明就是杜聿明。

高文明现形杜聿明，使获得大捷的淮海战役，更加沸腾起来。

1949年1月9日，天近黄昏，杜聿明丢兵弃甲，逃到了陈官庄第5军司令部。但周围依然是震耳欲聋的炮声、枪声和手榴弹的爆炸声，他假装镇定弯腰钻进隐蔽部内。

三个敌将领紧急商量，杜聿明提出翌日突围出去，邱清泉、李弥则坚持当夜就突围，二比一，定下各自分散行动。为了逃命，杜聿明抛下正在作战的残部，带上贴身卫士、副官等最亲近的十余人，摸黑向西逃窜，狂奔一阵后折向东北方向。一月的商丘大地，北风刺骨，天寒地冻。副官尹东升对直喘粗气的杜聿明说："司令，大概要到贾砦附近了，给您收拾一下吧。"杜聿明没有吱声，但很配合地跳进一个战壕。尹东升打开微型手电筒，借着微弱亮光，剃掉了杜聿明的小胡子，给他换上特意准备的肮脏的士兵棉衣裤和棉大衣。稍作休息后，继续跑路，跑到一个小村子附近时，天光放亮。杜聿明指示："停下，进山芋地，隐蔽。"

这伙逃敌，躲进山芋地还没喘上几口气，一个早起拾粪的老汉径直走到了他们面前。"啊！"老汉惊叫一声，瞪大了眼睛——"遭殃军"！尹东升不愧是副官，反应机灵，温和地叫声大爷好，问村子里有没有解放军。拾粪老汉生活在战争年代，很快镇定下来，回答说有啊，到处都是解放军了。"大爷，这山芋地里可没人哈。"尹副官递上一个金戒指说。老汉接过金戒指，转身出了山芋地。

老汉进村后赶紧跑到解放军那里——华东野战军第四纵队11师师部卫生队。队长王英夙夜抢救伤病员，正好走出抢救室，听完大爷报告，立即命令通信员樊振国抓回俘虏。樊振国刚入伍不久，年龄20岁左右，满脸稚气。他说："是，队长！可是敌人有十来支枪，我们只有一支。"王队长说："快去追，不要让敌人跑了。"接着喊道："崔雪云！""到！""你一块去！快！"崔雪云是个卫生员。

两个小战士，跟着老汉，奔向山芋地。

"里面什么人？快出来！"樊振国"哗啦"子弹上膛。山芋地里有人低声问："你们是哪里的？""我们是解放军四纵11师！""我们也是11师的。"樊振国愣了一下，立即再问："师长姓什么?”里面沉默了一会儿反问道:“你知道师长姓什么?”“我当然知道，姓谭，谭知耕。”“我是昨天才当兵的，哪里知道师长是谁嘛。”樊振国不相信，既然是我们师的，为什么躲在这里呢?他火了，“你们赶快给我站起来，不然开枪了!”“别开枪!”里面依次站起十四人，身穿国民党军服，手持卡宾枪、手枪。

敌人是我们人数的七倍!

两个小战士，初生牛犊不怕虎，不约而同，齐声大叫:“放下武器，向后转，向前走!”樊振国高声喊道:“三排，向后边包抄!一排，跟我上!”这伙敌人早如惊弓之鸟，一根线头也能让其魂飞魄散，一个个放下武器，向后转 180 度，向前走了几步，呆若木鸡地立定。昔日统领精锐部队、指挥千军万马的杜聿明，此时虽然想活，但实在是无地自容。他突然拔出手枪，对准脑袋。尹副官触电般夺过来，交给了小战士，制止了杜聿明的第一次自杀。

两个小战士押着一行十四个俘虏回到了师卫生所。

协理员胡正林看到两个战士抓回这么多俘虏，立即打电话报告师政治部。接电话的正是师政治部主任陈茂辉，他命令:“赶快把俘虏押解到师政治部来!”

陈茂辉突击审讯，他在回忆录《决战的尾声》里做了详细叙述。

只见杜聿明把自己弄得满脸满手乌漆墨黑，一身士兵旧棉服，一件破大衣，腰弯着站在那里，粗看像个老伙夫，稍微细看就露破绽，因为那腰弯得很不自然。

杜聿明来到审讯官陈茂辉面前，立正，敬礼。陈茂辉示意他坐下，递过一支飞马牌香烟。他接过去，放在桌子上，连忙从衣袋里掏出一包玻璃纸包装的香烟，娴熟地撕去烟盒上的红条条，抽出一支递给陈茂辉，又送一支到自己嘴上。坐在他一旁的“记者”条件反射般地掏出打火机，“咔嚓”点火，恭敬地给他点烟。他立即瞪了一眼，“记者”才想起应该先给陈茂辉点烟，这什么时候呀！这让陈茂辉进一步断定，这个“伙夫”不一般。他不动声色地审问：“你是哪个部队的?”“十三兵团的。”“干什么的?”“军需。”“不对!”陈茂辉断然道。“记者”赶紧说：“是军需处长。”“叫什么?”“我叫高文明。”“高，文明，名字起得不错，你们十三兵团有几大处?”“6 大处。”陈茂辉递给他一本白纸本子，“那你把 6 个处长的名字给我写出来。”

杜聿明自然是写不出来的，他不可能记得这些小处长的名字。

他把手伸进大衣口袋，袖管托起，露出一截雪白手臂，一只亮铿铿的手表箍在手臂上。陈茂辉说：“手表怎么戴在手臂上啊?”杜聿明咧一下嘴，把手表往手腕上撸撸，手又伸进口袋里掏，掏出一包美国骆驼牌香烟，再掏，掏出一袋美国牛肉干，最后才摸出一支派克钢笔。是要写处长名字呀，可是他写完军需处长高文明，就再也写不出字了。手停在那里，嘚嘚颤抖起来。“写啊！难道你们共事的几个处长的名字都不知道?”陈茂辉催促道。“我知道，我知道。”杜聿明说着又写起来，可他哪里写得出，始终都在描着“军需处长高文明”。身旁“记者”急了，伸手要替他写，被陈茂辉制止了。

陈茂辉正色道：“你还是老老实实讲吧，你是干什么的，不必顾虑。”接着拿出文件《敦促杜聿明等投降书》念给他听，完了说：“蒋介石是失败了。黄百韬被打死，黄维兵团被消灭，黄维想混走，也是被活捉了。”杜聿明听到这里一怔，连忙问：“黄维在哪里？”“很熟悉，是吧？你们很快会见到。”

审到这里，外面又押来数十个上校以上军官，陈茂辉起身办理。随后返回屋里继续审讯，突然空中敌机偷袭，在不远处投下炸弹。“高文明”脸色骤变，看到陈茂辉镇定自若，也安静下来。但之后一直嗫嚅嘴唇，砸吧口水，陈茂辉知道他饿了，叫伙房搞来小米饭、大蒜炒马肝、辣椒炒马肉。吃饱饭，派人送他们去村头小磨坊反省。

傍晚时分，看守士兵跑来报告，那个“军需处长”在小磨坊里拿一块小石头把自己头砸破了。陈茂辉快步赶去，只见杜聿明滚在地上，满脸血污。他立即派人从俘虏中找个司机，开着那辆刚缴获的吉普车，将杜聿明送去卫生所。

他马上审讯“记者”，“记者”“扑通”一声跪在了陈茂辉面前，从大衣后襟里摸出一双象牙筷子，指着上面刻着的“杜聿明”三个字说：“这是杜长官，杜聿明，过四十大寿时，一个军阀送的。军需处长高文明就是杜聿明，我是他的随从副官。”

陈茂辉命令加强看押，立即打电话上报四纵司令部。司令员陶勇一听很是振奋，但不放心地问：“确定吗？他本人是否有承认？”陈茂辉说：“有实物证据，但杜自杀后昏迷不醒，还未承认。”

陶司令立刻派敌工部长带着杜聿明的照片，赶到11师。陈茂辉一看照片，肯定地说：“就是这个人，只是小胡须刚剃掉，那青碴子很明显，刚剃的。”敌工部长来到卫生所，杜聿明已清醒，头上缠着绷带，但伤并不重，只是敲破了头皮。敌工部人员给杜聿明拍了一张照片，这就有了后来广为流传的杜聿明头裹纱布照。

的确活捉了杜聿明！陈茂辉心情格外舒畅，刚进办公室，电话铃就响起。“首长好！我是陈茂辉，对，活捉了杜聿明！没有错，刚才敌工部长核对过照片了！”电话那头的陈毅接着指示：“好，立即送来！给抓住杜聿明的战士记一个特等功！”

精明强悍深得蒋介石倚重，号称“西北硬汉”的杜聿明，手握中国近代史上第一个机械化部队，因而他的战术与大多数中国将领的积极防御、稳打稳扎截然不同。杜聿明作战，是进攻，是以优势火力、最快速度击溃对手，战绩显赫于昆仑关大捷、中国远征军入缅对日作战。但淮海战场广阔无边，面对解放军“运动战专家”粟裕将军的口袋战术，杜聿明的眼镜蛇进攻，正好钻进口袋，被打七寸，被块块分割层层包裹。待其乍然惊醒过来，又被民族正义、大势所趋的滚滚浪潮，盖头砸下，这条“眼镜蛇”便彻底崩溃。大白天被两个小战士活捉……拿一个小石块敲破额头，血涂满脸伪装自杀，留下了那张颇具嘲笑意义的头裹绷带俘虏照。

淮海大战胜利后，陈茂辉挥师横渡长江，驰骋钱塘、上海、苏州、抗美援朝之疆场，于1958年3月13日，在朝鲜人民手棒鲜花载歌载舞的夹道欢送下，跨过鸭绿江“凯旋门”，回到祖国怀抱。

悠悠杭川上空，将星升起，一颗、二颗……足足27颗，汇成熠熠辰宿。

杭川夜空，将星闪耀，万古不灭。

参考资料

1. 上杭县党史研究室将军史料，上杭县党史研究室提供。

2.《中国人民解放军将帅名录》，解放军出版社 2006 年 1 月出版。